René Schickele

Benkal, der Frauentröster

Roman

René Schickele: Benkal, der Frauentröster. Roman

Erstdruck: Leipzig, Verlag der weißen Bücher, 1914

Neuausgabe
Herausgegeben von Karl-Maria Guth
Berlin 2017

Umschlaggestaltung von Thomas Schultz-Overhage unter Verwendung
des Bildes: Amedeo Modigliani, Mann mit Weinglas, 1918

Gesetzt aus der Minion Pro, 11 pt

Verlag: Henricus - Edition Deutsche Klassik GmbH
Mörchinger Str. 33, 14169 Berlin, info@henricus-verlag.de
Druck: Libri Plureos GmbH, Friedensallee 273, 22763 Hamburg

ISBN 978-3-7437-0524-1

Bibliografische Information der Deutschen Nationalbibliothek

Die Deutsche Nationalbibliothek verzeichnet diese Publikation in der
Deutschen Nationalbibliografie; detaillierte bibliografische Daten sind
im Internet über www.dnb.de abrufbar.

1.

Aus der Feuersbrunst, die das mittelländische Königreich zerstörte, flog ein Funke in den Himmel und blieb dort haften an dem Schilde des Ruhms als ein Stern, zu dem alle bekümmerten Frauen hilfesuchend emporblicken.

Bevor das tragische Mißgeschick seines Volkes ihn solchermaßen erhöhte, war Benkal einer der gleichgültigen und unnützen Menschen, wie man deren im reichen Mittelland viel traf.

So hatte es wenigstens den Anschein, und so mußte es jeder mit Benkal halten, der sich nicht gerade aufmerksam mit seinem Innenleben beschäftigt hätte. Daran dachte aber keiner, vielleicht, weil Benkal selbst gern und viel, wenn auch in schwer verständlichen Umschreibungen, von seinem Innenleben sprach.

Um es gleich zu sagen: Benkal war ein Schwätzer, den niemand ernst nahm, und da es von jeher Benkals Art war, gute Miene zum bösen Spiel zu machen, so gab er wohl auch Anlaß zu der Meinung, daß er im Grund von sich nicht besser, wenn nicht gar geringer denke. Schuld hatte der gelbe Wein seiner Heimat, der so leicht aussah, wenn man ihn ihm Glas drehte, so leicht und durchsichtig wie das Gelb am Himmel nach Sonnenuntergang, und der einen so schweren und trüben Rausch erzeugte, darin Benkal wie zwischen den Fenstern einer verruchten Kapelle saß und Himmel und Hölle in Bewegung setzte.

Der Wein hatte schuld, der die Zunge eines eingeschüchterten und einsamen Jünglings im unrechten Augenblick löste, einen wilden Träumer zum tollpatschigen, von üblen Dünsten aufgeschwollenen Großsprecher machte und vor den erheiterten Blicken der Zuhörer das Bild eines überlebensgroßen Ehrgeizes enthüllte, das im zuckenden Feuerschein des Weingeistes hilflose Grimassen schnitt. Benkal, der klug war, bemerkte es wohl. Aber der Wein blieb stärker als die Scham, deren blitzartiges Einschlagen in den lichten Augenblicken des Rausches ihn nur ganz niederwarf und also demütigte, daß man ihn Verwünschungen gegen sich ausstoßen oder tränenselig um

Mitleid bitten hörte. Da war es den andern schon lieber, wenn er die Ungeheuer seines Traumes an den Hörnern vorzeigte und auf ihrem Rücken Sturm ritt. Sie atmeten auf, wenn Benkal seine Tränenlache, in die sie ihm durchaus nicht folgen wollten, verließ, um sich in höheren Regionen zu bewegen, wo es lustiger zuging.

Benkal hielt sich daran und schränkte seine Darbietungen elegischer Art auf das seiner Gesundheit unbedingt nötige Maß ein.

Ein Märchenprinz, das Glas gelben Weins in der gehobenen Hand, war er unter Blumengirlanden und durch Triumphbogen in eine zauberische Landschaft eingefahren. Sie überwucherte, begrub ihn unter ihrem falschen Glanz. Der Wein, der ihn verführt hatte, wie eine Metze einen Knaben an sich fesselt, hielt ihn in unbarmherziger Gefangenschaft ... Oh, er konnte gehn, wann er wollte, sie hielt ihn nicht zurück, sie verursachte ihm Übelkeit, das wußte sie wohl, und sie rührte keinen Finger, wenn er aufstampfte und davonlief. Sie sandte ihm sogar einen aufrichtigen Freundesblick nach, worin Mitleid wie geronnene Liebe schwamm. Wußte sie doch gut, daß er sich jetzt erst recht elend und hundertfach verlassen fühlen werde, voll brennenden Verlangens, wenn nicht nach Liebe, so doch nach Schlaf. Er konnte aber nur in ihren Armen einschlafen.

Benkal verkam zusehends. Da er unfähig war, die geringste Arbeit zu verrichten, wäre er wahrscheinlich sogar im reichen Mittelland verhungert, wenn er nicht in einem älteren, gewerbefleißigen Bruder, dem ›Zahnfabrikanten‹, einen unwandelbar treuen Anhänger gehabt hätte, der ihn kleidete und nährte, mit Taschengeld versah und im übrigen auf die Stunde wartete, die das Genie des bewunderten Bruders aller Welt offenbaren sollte ...

Wie die Benkal waren, ließ er sich seinen Glauben nicht anmerken, sondern sprach im Gegenteil mit weithin sichtbarer Überlegenheit von seinem Brüderchen. Dabei strich er mit den erfolgreichen Händen lächelnd über den sanftgewölbten Leib und stellte heimlich Gedanken darüber an, wie der Kleine das viele neuverdiente Geld am genußreichsten vertun könnte. Das einzige, was ihn bekümmerte, war, daß die Phantasie des Jungen im Geldausgeben selten über etwas so Althergebrachtes wie das Wirtshaus hinausreichte. Im Wirtshaus saß viel dummes und niedriges Volk, und es kränkte ihn, daß sein Bruder sich mit der Gesellschaft gemein machte.

Um die Ehre der Familie zu retten, mußte Bra ebenfalls das Wirtshaus besuchen, zu einer Zeit, wo Benkal schlief. Bra stammte aus Benkals Heimat, mit ihm als Diener und Vertrauten hatte der Ältere vor Jahren sein Geschäft begonnen. Bra verehrte seinen Meister, er bemühte sich, auch den Jüngeren nach besten Kräften zu bewundern, ohne zu wissen, warum, nur seinem Herrn zuliebe, dessen hervorragende Eigenschaften er um so deutlicher erkannte.

»So«, sagte Benkal, »hat jeder seinen Gläubigen, jeder wirkt auf andere, und die Wirkung der kleinsten Welle in der Schöpfung ist nicht abzusehn. *Spiritus flat!* Der Geist weht.«

Da sein Bruder, der sich vielleicht verhöhnt glaubte, ihn mißtrauisch ansah, fügte Benkal hinzu, und er wollte tiefer Weisheit damit eine handgreifliche Form geben: »Ganz abgesehen von den Tausenden, die du mit Zähnen versiehst … Wieviel Schicksale, in die du eingegriffen hast!«

2.

Das Wirtshaus, dessen niedriges Zimmer Benkal mit dräuendem Schweigen und prophetischem Lärm erfüllte, lag abseits von den Verkehrsstraßen im ältesten Viertel der Stadt und führte den Namen *Zum kleinen Mittelländer.*

Man betrat es von einer kleinen, nicht ganz sauberen Gasse aus, die das Sonnenlicht nie berührte, weil die Bewohner, Handwerker und Kleinbürger, ihm den schmalen Zugang mit gewaltigen Sonnensegeln verwehrten, die sie auf den Balkonen und vor den Fenstern aufspannten, um einander ihre vornehme Lebensart zu beweisen. Auch waren diese schmächtigen Balkone mit den Sonnensegeln darüber Festungen, hinter denen sie die heimlichen Schwächen der Nachbarn auskundschafteten und einander von Familie zu Familie kreuz und quer bekämpften.

Hinter dem Wirtszimmer des *Kleinen Mittelländers*, im Hof, der aber eher eine Höhle war, befand sich ein kleiner Hühnerstall, der die Gäste angenehm zerstreute. Die Plätze bei der großen Glasscheibe, wo man auf den Hof sah, gehörten Gästen, die dem Wirt die Eier abkauften, natürlich zu Liebhaberpreisen, wie es sich von selbst verstand bei Eiern, deren Herstellung man bei einem Glas köstlichen Weins beobachtet hatte. Der Liebhaber waren aber so viel, daß die Plätze alle zwei Stunden geräumt werden mußten und der Eierhandel des Wirts die Leistungsfähigkeit seines Hühnerhofs bei weitem übertraf. Es waren zumeist ältere Herren, die dort mit stillen, purpurnen Genickfalten am Fenster saßen. Sie bildeten einen Kreis für sich, und zwischen ihnen und den anderen Gästen klaffte dieselbe Kluft, die die Inhaber einer Loge vom großen Publikum des Theaters trennte.

Nur bei besonderen Anlässen, da fand eine Art Verbrüderung statt. Wenn sich im Hühnerhof etwas ganz Ungewöhnliches ereignete, schlugen die Fensterplätze Alarm, und alle Gäste strömten hinter ihnen zusammen, um unter lebhaftem Meinungsaustausch an dem Ereignis teilzunehmen … Ebenso herrschte Einigkeit, sooft der Wirt den Sturm der empörten Umwohner auf seinen Hahn auszuhalten hatte, der in Wahrheit mit einem wunderbaren Organ prahlen konnte. Er war, wie Benkal sagte, eine Fanfare … Darum lohnte es sich auch, daß die Gäste des *Kleinen Mittelländers* Geld zusammenlegten, um den Wirt große, aufregende Prozesse gegen das ganze Stadtviertel führen zu lassen. Sie wurden gewonnen, besser gesagt, Benkal gewann sie … Der Hahn bekam einen Goldreif um das Bein, der die Pracht seines Ganges noch um einiges erhöhte. Jetzt erinnerte er wirklich an die großen Sänger des Mittellandes.

Das Ansehn Benkals aber, der sich früher einmal in der Nähe der Rechtswissenschaften herumgetrieben hatte und der in seinen guten Stunden für schlau gelten konnte, erreichte bei den Gästen des *Kleinen Mittelländers* eine Höhe, auf der sich kein ordentlicher Mensch, geschweige denn ein Trunkenbold wie Benkal hätte halten können. Nachdem er für einen Narren und Taugenichts gegolten hatte, durften bessere Menschenkenner ihn einen entgleisten Gelehrten nennen, ohne deshalb laut ausgelacht zu werden.

Der unvermeidliche Sturz wurde durch eine Unvorsichtigkeit der Kellnerin beschleunigt, die ihre Kammertür nicht abgeschlossen hatte, weshalb der Wirt sie eines Nachts mit ihrem Liebhaber, dem leidenschaftlichen Bra, ertappte und am andern Tag, als er seine Rache genügend gekühlt hatte, davonjagte. Sie hieß Tertruhete und war eine Kremmin, nicht gerade schön, aber gutmütig, sowie von einer Arbeitskraft, die in der Phantasie eines Mittelländers Erinnerungen an Märchen von vorgeschichtlichen Riesen wachrief. Sie versorgte die Wirtsstube und den Hühnerhof, sie kannte die kleinen Gewohnheiten von Mensch und Tier, allen diente sie mit der gleichen üppigen Freundlichkeit. Sie lachte viel und aß viel, auch Wein vertrug sie nicht wenig …

›Volk der Zukunft‹, pflegte Benkal sie anzureden oder auch nur einfach ›Volk‹. Und da keine mittelländische Zunge stark genug gewesen wäre, ihren Namen auszusprechen, so riefen auch die andern Gäste sie ›Volk‹.

Der Name erschien ihnen um so witziger, als Benkal in Tertruhete ein Wesen feierte, deren großer Leib, ›diese gewaltige Maschine‹, Europa neu gebären werde. »Das Volk wird uns alle schlucken«, sagte er, »früh oder spät, wie Rom Athen geschluckt und mitsamt den andern damals bekannten Kulturen verdaut hat … Ihr lacht«, rief er und legte die Hand an die Hüfte des Mädchens, als ob er etwas Heiliges berührte, »ihr lacht, denn ihr wißt nichts, ihr seid eingebildet und habt eine Philosophie und eine Lebenskunst daraus gemacht, nichts weiter zu sehn als eure zierliche Nase. Ihr kennt zwar jenen römischen Kaiser, der einen Tempel baute, in dem er unter dem Vorsitz der Sonne alle, aber auch alle bekannten Religionen vereinigte, aber ihr haltet ihn natürlich für einen Mittelländer. Ihr irrt, es war ein Barbar, wie ihr sagt, ein Halbwilder. Nur Barbaren haben eine solche Kraft der Verdauung. Wir hatten auch einmal Muskeln. Aber die besten Muskeln nutzen sich ab … Wir sind zu schön, um stark zu sein! Seht nur in den Spiegel, ob ich nicht recht habe … Im Grund ist es auch ganz und gar nicht von Belang, welches Volk nun gerade an der Reihe ist zu führen. Wir sind alle ein und dieselbe Kraft ... Ihr und das ›Volk‹, eure Töchter und ein stinkender Kanonier bei den Langnasen ... ›Volk‹, laß dich von diesen Stehaufmännchen nicht einschüchtern, die Geschichte zu machen glauben, wenn sie aufgeregt auf ihrem Geldsack wippen ... Höre: Meine Söhne werden mit deinen Kindern die neue Art Europäer zeugen, denn« – er wandte sich vorwurfsvoll an Tertruhete: »Offengestanden, eure Männer gefallen mir nicht ... Das wird sich auch ändern.«

Aber dem ›Volk‹ gefielen seine Männer.

»Man sieht wenigstens, was sie sind ...«

Sie wagte nicht, in diesem Gedankengang fortzufahren, und sagte nur, indem sie lachend ihre großen weißen Zähne entblößte: »Na, du bist ja stark!«

Benkal blickte auf seine festen Hände hinunter und war zufrieden.

Als nun das ›Volk‹ mit Schimpf und Schande fortgejagt werden sollte, richtete Benkal sich an seinem Tisch auf, klopfte ans Glas und hielt eine Rede. Er sprach vielleicht noch besser, noch hinreißender als damals, wo er für den Hahn Zeugnis abgelegt hatte. Er fragte den Wirt, was er denn in der Kammer des Mädchens zu suchen gehabt habe, er rief, ohne die Antwort abzuwarten, mit erhobener Stimme den Ernst und die Naturliebe der Abonnenten am Hoffenster an ...

Das Mädchen hatte sich an der Tür neben ihr Köfferchen gesetzt und weinte, so daß Benkal schreien mußte, um verständlich zu bleiben.

Vergeblich erinnerte er, auf das Mädchen weisend, dem sie ihren Geliebten nicht gönnten, an die heroischen Zeiten, wo sie, Schulter an Schulter mit ihr, einen Hahn gegen ein ganzes Stadtviertel verteidigt hatten ... »Wir sind doch keine Tiere«, riefen sie im Chor.

»Wir sind doch keine Tiere!« Die Genickfalten der Fensterplätze flammten vor Zorn.

Benkal brach seine Rede ab: »Ja, was seid ihr denn sonst«, fragte er höhnisch, ergriff den Koffer des Mädchens, öffnete die Tür und verließ mit ihm den *Kleinen Mittelländer*.

3.

Benkal der Ältere hatte einen kleinen Garten angelegt, und eines Tages brachte er einen krummbeinigen Köter mit, den er zum Schutz gegen Blumendiebe in den Garten hineinsetzte.

Dieser Hund mit Namen Bullbull erweckte das Interesse Benkals, weil er ihn durch sein kleinliches Kläffen im Mittagsschlaf störte, und er beschloß, ihn durch strenge Zucht den Höhen der Zivilisation zuzuführen. Vorerst stieg er zu Bullbull hinunter und herrschte über ihn. Das war neu … Davon hatten sie sich beide noch nie einen Begriff gemacht … Bullbull gab zu erkennen, daß seine Neugierde im höchsten Grade gereizt sei, und ging bald von der einfachen Abwehr dazu über, den Tierbändiger in Benkal herauszufordern … So ruhte er nicht eher, als bis der große Mensch den Kampf um die Knochen mit ihm aufnahm. Im hitzigsten Schlachtenlärm sagten seine Augen: Ich bleib' dabei – platz du! – Benkal mußte ihn überwältigen bis zum Ende. Dem Hund ging es nicht immer gut dabei. Aber erst muß gesagt werden, wie es sich mit den Knochen verhielt.

Die Küche lag zu ebener Erde über dem Garten … Nach Tisch kauerte Bullbull auf dem schönen Rasen und blinzelte durch das Viereck des Galgens, auf dem an fürchterlichen Samstagen, dem Tag der Erdbeben und Wirbelwinde, die Teppiche geklopft wurden, nach dem offenen Küchenfenster. Plötzlich ein Ruf: »Bull!«, von glitzernden Splittern umstoben, die auf den Rasen niedergingen. Die Knochen waren da. Manna fiel … Die Zeiten hatten sich erfüllt … Aber Bullbull rührte sich nicht.

Das war der erste Erfolg von Benkals Dressur.

Früher warf Bullbull sich wie ein Vieh über die Knochen her, wickelte sie in sich ein, als versuchte er, sie mit seinem ganzen Körper zu verschlingen, zitternd vor gemeiner Lust. Benkal hatte ihm Haltung beigebracht. Bullbull sah das Wunderbare in der Sonne leuchten und ließ es erst einmal ruhig liegen. Erst wenn er vor sich selbst den Beweis der Selbstbeherrschung erbracht hatte, erhob sich Bullbull, erhob sich und schritt gemessen zur Mahlzeit.

Er hielt sie proper, umsichtig und nahm sich Zeit dazu.

Sobald die letzten Fleischfasern von den Knochen herunter waren, rückte Bullbull einen Schritt von den Resten ab und bellte: zum Zeichen, daß Benkal nunmehr aufzutreten habe. Ob der nun dazu aufgelegt war oder nicht. Bullbull bestand auf seiner Mitwirkung. Er hörte nicht auf zu bellen, bis Benkal dicht vor den Knochen ihm gegenüberstand, so daß seine Kampfbereitschaft offenbar war.

Benkal lobte ihn: »Famose Bestie!«

Sie begannen …

Bullbull unterschied nicht im geringsten zwischen einem frischen und einem abgenagten Knochen. Beide umschloß sein Herz mit der gleichen Zärtlichkeit. Seine knirschende Hundewut war dieselbe, ob man ihm einen Fleischbrocken oder nur einen Knochensplitter zu entreißen drohte. Hiergegen galt es einzuschreiten. Ein neuer Wertbegriff mußte ihm beigebracht werden, der mehr der Wirklichkeit entsprach … Benkal sah sich vor die Aufgabe gestellt, Bullbull vom absoluten auf den relativen, sozusagen konstitutionellen Geschmack zu bringen, und er war sich gleich durchaus klar, daß es sich hier um nichts Geringeres als um eine Revolution handelte. Er mußte mit aller Energie gegen die weit über menschliche Vernunft hinausgehende Anmaßung des Köters einschreiten, ihn, wenn nötig mit der letzten Gewalt, einem senilen, von der Forschung längst entlarvten Vorurteil entreißen, so seine Unternehmung zu einem Ergebnis führen sollte.

Wie alle Weltverbesserer, an deren Name, sehr gegen ihren Willen, Blut haftet, versuchte Benkal es natürlich erst mit den von Gerechten wie von Feiglingen gleich hochgeschätzten Mitteln des gütlichen Zuspruchs. Er legte ihm zwei Knochen hin, einen säuberlich abgeschabten und einen andern, der mit richtigen Fleischfetzen verbrämt war, und überredete nun Bullbull, seine Aufmerksamkeit auf den zweiten zu sammeln. Er langte mit der Hand danach, und wenn Bullbull ihn daraufhin mit aller Wucht anfiel, so gab er nach Ausführung eines kurzen, nur scheinbaren Gegenangriffs deutlich zu erkennen, daß er sein Unrecht einsah und von der Eroberung des fleischbehangenen Stückes Abstand nahm. Er streichelte ihn und sagte: »Ja,

Bullbull, du hast recht, wehr dich, da gibt's für dich zu prassen. Friß nur.«

Und Benkal setzte sich zu ihm, nicht ohne seiner Anerkennung weitere ermunternde Worte und handgreifliche Liebkosungen über den Hunderücken folgen zu lassen, aus denen, seiner Meinung nach, die Anerkennung vollkommener Gleichberechtigung und, man könnte sagen, die Betätigung eines immanenten Rechtsgefühls klar hervorging.

Bullbull knurrte und schielte heimtückisch nach dem andern, entblößten Knochen.

Zwar hatte es jedesmal zu Beginn der Unterrichtsstunde in Benkals Absicht gelegen, Bullbull zuerst den fetten Bissen verzehren zu lassen und erst dann ihn von der Reizlosigkeit des benachbarten Knochens zu überzeugen. Der Hund war aber nicht zu bewegen, sich in der gewünschten Weise mit der zugestandenen Beute zu beschäftigen, solang die andere, für ihn augenscheinlich gleich kostbare Hälfte gefährdet schien. Beides gehörte ihm! Er tat keinen Bissen, sondern lag über dem einen und bewachte kampfbereit den andern, mit gesträubten Haaren, schlurrend und knurrend, höllisch geschwollen von einem ›Das Privateigentum ist heilig‹, wofür Benkal ihm unter diesen Umständen seine Anerkennung versagen mußte. So nützte es denn auch nichts, daß er das Verfahren änderte, ihm erst den trockenen Knochen gab und ihn von diesem zu dem einen Meter entfernten, in brauner Soße leuchtenden Leckerbissen hinüberzubringen suchte … Zu Benkals großer Trauer traf er nicht einmal Anstalten, sich durch einen Biß auf das Knochenbein von der Nichtigkeit seines Besitzes zu überzeugen. Er lag patzig über dem einen und bewachte kampfbereit das andere. Beides gehörte ihm! …

Da griff Benkal zum Besen. Es war ein Besen, womit man Steinfließen scheuert und Jagd auf Ratten macht. Selbst einem Wolf, einem Schakal, ja einem nicht ganz ausgewachsenen – Leopard hätte er sich wohl getraut, mit einem solchen Besen zu begegnen … Der Besen selbst bestand aus harten, kurz geschnittenen Borsten, wie man sie für Roßbürsten nicht verwenden könnte, es sei denn, man hätte es auf die Zerfleischung des Gauls abgesehn … Er war mit vier kräftigen

Stiften an einen Holzschaft genagelt, woran Benkal wiederholt an schönen Abenden Klimmzüge ausgeführt hatte.

Von solcher Beschaffenheit war der Besen, den Benkal in der über Erwarten schwierigen Erziehung Bullbulls zum Helfer nahm. Er schlug ihn nicht damit, denn er wollte ihn nicht töten, sondern im Gegenteil ihm ein höheres Lebensideal zugänglich machen. Am Besen sollte Bullbull seine Wut auslassen, mit dem Besen sollte er still gehalten werden und Zeit für die ruhige Abwicklung von Gedankengängen bekommen ... Bullbulls Zorn war größer als Benkals Geduld. Und als der Hund ihm den Besen aus der Hand riß und mit solcher Gewalt gegen ihn ansprang daß sein Herr ihn gerade noch am Hals zu fassen bekam, verlieh Benkal Bullbull, um ihn nicht erschießen zu müssen, die volle Selbstverwaltung und zog sich, zitternd vor Erregung, auf sein Ledersofa zurück ...

Man hätte nun mit Bra sagen können, dies sei kein Spiel, das in Benkals Alter verständlich erscheine. Aber Benkal hatte eben kein Alter. War jung und alt, je nachdem, ob die Sonne schien oder ob es regnete. Konnte keine Fortschritte machen, weil er keine Erfahrungen sammelte ... Er durchforschte die Welt, genau wie er es als Kind in seinem Heimatdorfe gehalten hatte: die Scheune, den Hühnerhof, das Feld dahinter und indem er immer da anfing, wo er gerade stand, wenn der Drang in ihm erwachte. Wer weiß, vielleicht entdeckte er auf diese Weise tiefere Zusammenhänge, als andre gefunden hätten, die überlegsamer vorgegangen wären.

4.

Für den Bruder war Benkal die leibhaftige Kunde und der Abglanz von alldem Bunten, Bewegten, Aufreizenden, das abends, nach Schluß der Geschäfte, unter den schillernden Monden in der großen Stadt aufging und worin er selbst, wenn er je einmal Erholung suchte, sich nur als einen tolpatschigen und stolpernden Onkel vom Land empfand ... das fremde Leben voller Gefahren im Dunkel, das sich auf ein ›Sesam öffne dich!‹ den geborenen Abenteurern erschloß wie vor ihm, dem abgearbeiteten und ein wenig traurigen Zahnfabrikanten, die Türen der Nachtlokale, die er aber, mit allen Enttäuschungen beladen, verließ …

Benkal wußte, was er dem Älteren schuldig war, und er wandte seine Aufmerksamkeit mehr als bisher den Frauen zu. Da man den geputzten und biegsam geschweiften Mädchen, die in den grell erleuchteten Hauptstraßen Luft schöpften, nicht immer anmerkte, wie leicht zugänglich sie waren, konnte er dem gewerbefleißigen Bruder gelegentlich Geliebte vorstellen, deren artiges und feines Benehmen in Verbindung mit ihrer geschmackvollen Kleidung keinen Zweifel über die Tiefe ihrer romantischen Neigung aufkommen ließ. Weshalb wiederum der Bruder seinen Bekannten, Männern von behäbiger und gewinnbringender Lebensweise, die über das zerzauste Nesthäkchen schadenfrohe Bedenken äußerten, unter feierlichen Schwüren anvertrauen durfte, daß Benkals Geliebte Frauen aus den vornehmsten Familien der Stadt seien.

Daraus wollte er geschlossen haben, daß in dem Jungen ein ungehobener Schatz schlummere, zu dem die Frauen mit ihren feinen Händen wie von Wünschelruten geführt würden.

Benkal der Ältere war bekannt als ein ehrenhafter, aller Lüge und Prahlerei abholder Mann, auf dessen Wort sich bauen ließ. Die eingeweihten Nachbarn nahmen denn auch die allerdings erstaunliche Kunde von Benkals Erfolgen bei hochgestellten Damen in ihren Lebenserfahrungen auf als einen Beweis mehr für die Sittenverderbnis der vornehmen Geschlechter, die, wenn sie nicht gerade – was Gott verhüten sollte – Krieg führten, in Saus und Braus vom Nichtstun lebten und die niederen Stände für sich arbeiten ließen, woraus diese übrigens ihren ganzen Stolz schöpften.

Benkal aber machte seine erste Herzenseroberung im Hause eines dieser Männer, deren Frauen ihn plötzlich mit andern Augen ansahen. In ihren Gedanken folgten sie dem kleinen breitschultrigen Kerl mit scheuer, halb gruseliger, halb vertrauensvoller Neugierde – wohin? Hahna wagte nicht, es sich einzugestehn, als sie schon lange am Ziel angelangt war … Zugleich erlebte Benkal der Ältere eitel Freude an seinem Bruder, der sich regelmäßig rasieren und die Haare auf dem viereckigen Kopf stutzen ließ, die Fingernägel blank erhielt, sorgfältig ausgewählte farbige Bänder zu duftigen Krawatten schlang und sich einen stattlichen Gang zu eigen machte, dessen Überreste sogar am frühen Morgen zu erkennen waren, wenn der Prophet unter der ungeheuren Last seiner Gedanken nach Hause wankte ...

Das mittelländische Bürgertum verabscheute den Krieg, obwohl viele und langwierige Kriege seinen Wohlstand geschaffen hatten. Nachdem die Mittelländer aber einmal die große Ernte in der Scheune hatten, fürchteten sie sich vor Rückschlägen und trauten dem Kriegsglück weniger als ihrem gutangelegten laufenden Geschäft, das keine Störungen vertrug.

Durch lange Friedenszeit an ein immer üppiger gewordenes Wohlleben gewöhnt, vermochten sie die Möglichkeit kriegerischer Strapazen nur mit Unbehagen, wenn nicht mit unverhülltem Haß ins Auge zu fassen, und diese in ihren Lebensgewohnheiten begründete Abneigung, die sich in helleren Köpfen zu einer Philosophie des anständigen, enttierten Menschen umbildete, fand noch eine Stütze in dem Unwillen, mit dem das Bürgertum die Überlegenheit der adeligen Geschlechter im Kriegführen und die daraus gewachsenen Vorrechte der soldatischen Kaste hinnahm. Man hörte laut sagen, an unruhigen Tagen schrie es aus Versammlungssälen bis auf die Straße, daß mit der Abschaffung des Krieges auch diese ganze Kaste überflüssig würde, der es nun schon lange genug gelang, von einem eifersüchtigen Volk Ehrung und Gehorsam zu erzwingen.

Benkal las nach dem Mittagessen Zeitungen, um dann dem Abend entgegenzudämmern, wo seine Seele sich vom Körper erlöste und glorreich die Alleinherrschaft antrat. In diesem Zustand hatte er, von einem nachmitternächtigen Gesicht gebannt, geräuschvoll geflüstert, daß ein blutiger Krieg bevorstünde. »Sie müssen bald Krieg machen, wenn sie oben bleiben wollen«, hatte er ausgerufen und dann mit schmetternder Stimme fortgefahren: »Also gibt es Krieg ... Sie treiben euch zusammen und führen euch vor den Feind ... Ihr müßt ausschlagen, um nicht niedergetreten zu werden, und gehorchen, um eure Kräfte auszunutzen, und so reiten sie euch zu, bis ihr wieder so weit seid, daß ihr die nächsten fünfzig Jahre auf den geringsten Schenkeldruck gehorcht …

Hört ihr nicht, wie die Schleppsäbel nachts in den Straßen umgehn? Hört ihr nicht die dumpfen Stöße, von denen die Nächte der Städte erzittern wie vom Herzschlag des großen Pan? … Der große Pan steht draußen vor den Wällen und klopft Gewehrgriffe! Und hört ihr das jetzt? Ja, ihr! Ihr meint, das seien Kanonen … in irgendeinem Nachtmanöver … Nein! Mehr! Viel mehr! Das ist der große Pan, der vergnügt in sich hinein lacht. Gute Zeiten kommen für ihn. Er kriegt seine Erde ein wenig aufgemistet – wahrhaftig nicht zu früh … und dann, er konnte ja kaum noch schnaufen inmitten der vielen Menschen, die sich bei ihm breitgemacht haben. Luft! Luft! Tausend Hektoliter Blut für einen Mundvoll Luft … An die Gewehre, ihr Sklaven! Stillgestanden! Macht Harakiri! Eins! Zwei! Tausend Hektoliter … Ich muß sie genau messen … Ich hab's versprochen … Ich bitte euch, seid splendid!«

Das war eine der betrunkenen Reden, wie Benkal sie so führte. Aber er fügte unvorsichtigerweise hinzu, daß er den Krieg auch an den Frauen kommen spüre. »Sie sind so wonnig aufgeregt«, flüsterte er gurgelnd, »so schreckhaft und wild! …«

Unterdessen machten die Friedensfreunde vergebliche Anstrengungen, ihr Ideal des wohllebenden Menschenfreundes gegen die Verdunkelung durch das heraufziehende Gewitter zu bewahren. Eines Tages schrieb ihre Zeitung, daß Benkal der Jüngere, ein Trunkenbold, gewiß, aber einer, der in seltsamer Verbindung mit der vornehmen Gesellschaft lebe, Dokumente in Händen habe, die unwiderleglich bewiesen, daß die soldatische Kaste den Krieg vorbereite mit der Absicht, im Augenblick der völligen Bereitschaft einen Konflikt mit den Nachbarvölkern herauszufordern.

Benkal wurde in seinem Wirtshaus, wo er sich gerade in überschwenglichen Majestätsbeleidigungen wälzte, aufgegriffen und ins Gefängnis geworfen.

»Was wollt ihr denn«, schrie er, »ich habe den König Olep angeschwärmt … Jawohl, er gefällt mir. Wenn das blonde Kind mit dem Bulldoggengebiß durch die Menge reitet und den eingezogenen Kopf herumgehen läßt, als suchte er einen Feind, mit dem er es auf der Stelle aufnehmen könnte – prachtvoll! ... Schade um diese Spätgeburt des Mittelalters ... Schade, daß er da droben zwischen den Röcken seiner Frauenzimmer steckt ... Genaugenommen ist er sogar ein Kerl in meiner Art! ... Gewiß ... Er hätte eine schöne Zukunft – wenn er zu uns gehörte.«

Er versetzte den Männern, die ihn hielten, einen Stoß: »Tut mir nichts! Ihr gehört doch zu uns. Ihr seid Volk, das empor will ... Au! Ihr Sklaven.«

Benkal wurde verprügelt und behielt zeitlebens einen großen, persönlichen Groll auf alle Uniformen.

Als er anderntags erwachte und seine Lage erkannte, fand er ein tiefsinniges Lächeln, das er lange festhielt, weil er fühlte, wie es eine laue Wärme in seinem Körper verbreitete. Es galt der blamierten Kaste und besagte, daß die Benkal, sowohl der Jüngere wie der Ältere, leichtsinnigerweise für den Kriegsdienst untauglich befunden worden waren ...

Nun konnte es also losgehen.

5.

In seiner Zelle litt Benkal höllischen Durst. Die Hitze in dem engen Raum erschien ihm über alle Begriffe unerträglich, er hielt sich bisweilen für eine Luftblase in einem Hochofen, um die flüssiges Metall kochte, sie platzte, und sein Bewußtsein ertrank im glühroten Zischen eines Feuermeers.

Es schlief sich schlecht im brennenden Dornbusch der Träume, und wenn er von einem fernen Ruf erwachte, lag er zitternd am Boden, die Zunge hing ihm aus dem Mund und war gefühllos vor Trockenheit.

Er war aufgewacht, weil er im Traum gebellt hatte.

Unendliches Mitgefühl mit der armen durstigen Kreatur erfüllte ihn ...

Über der im blauen Äther rollenden Erde kreiste die Sonne, das böse wilde Tier. Die Sonne flammte im ungeheuerlichen Durst, unersättlich zwischen den Millionen andern am Himmel, die sie alle ausgesaugt hatte, bis sie selbst in Flammen des Durstes standen und wie der glühende Atem aus ihrem Rachen von ihr herliefen. Nur die Erde war noch frisch, ihr Blut schäumte in Wäldern und rann über in Strömen und Meeren und vielen feuchten Kreaturen. Aber die Sonne war hinter ihnen her, unermüdlich, unersättlich, gejagt vom Feuerbrand ihres gewaltigen Körpers, deren Beben das Uhrwerk des Weltalls war – dieses einzigen großen Durstes.

Sie versuchte, die Meere auszusaugen, aber sie fielen zurück. Und sie stürzte sich mit gesteigerter Inbrunst über sie …

Sie kämpfte mit dem heroischen Widerstand der Gletscher, den Vorposten der Erdheit, sicher, mit den paar Überlebenden ebenso fertig zu werden, wie sie die tausend andern vor ihnen aufgetrunken hatte … Sie wühlte in den Morästen der großen Wälder, sie setzte sich fest in den Organen der Menschen und Tiere. Schlimme Brandwunden schlug sie, die Kreatur ging daran zugrunde, und die Erde selbst stöhnte unter den sandigen Malen, die ihr ins Fleisch fraßen und nie heilen konnten.

Und das war die Tragik und aller, aller unfaßliches Schicksal, daß die Erde selbst und alle ihre Geschöpfe dasselbe zehrende Verlangen, das Rote, Heiße, Rasende, den Durst, in sich trugen, daß die Stillung heischende Flamme, vor der man sich zu schützen suchte, aus dem eigenen Innern emporloderte …

Arme bebende Hunde, die man als Kind mit einem Steinwurf von der Pfütze vertrieb, in die sie ihre blaurote, flatternde Zunge hingen! Arme Pferde, denen die Zunge, schon nicht mehr verlangend, von so schwerer Ermattung war, daß sie den Kopf und den ganzen Körper nach sich zu Boden zog!

Benkal entsann sich eines Pudels, eines kleinen grauen Pudels, der so geschoren war, daß der magere Leib wie in einem Muff stak … Da war der Marktplatz eines Dorfes, und ein zehnjähriger Knabe hielt den Pudel am Seil. Vor Eifer gerötet, ließ er die Schnur in seiner Hand gleiten, bis die Schnauze des Tieres das Wasser des Brunnens

erreicht hatte, dann zog er sie heftig an, und das grausame Menschen-
junge schüttelte sich vor Lachen, wenn der Pudel wie toll an der
Schnur zerrte, in ohnmächtiger Wut gegen den stärkeren Peiniger
ansprang, ihm winselnd die Zunge zeigte, sich zusammennahm, um
den Schluck Kühle zu verdienen, und still wartete, daß sein Herr da
vor ihm im sengenden Mittagslicht ihm erlaube, die Schnauze in die
dunkle Frische zu tauchen. Aber kaum hatte er sich mit allen Zeichen
ernstgemeinter Beherrschung auf die Hinterpfoten niedergelassen,
da sprang er wimmernd auf und zerrte an der Schnur und sprang
in hohen, abgerissenen Sätzen auf den Brunnen zu. Die Sonne loderte
in ihm und ließ ihm keine Ruhe.

Die Reue über solche Jugendsünden und spätere Gleichgültigkeit
zerstreute Benkal. Er schuf Götter, die an Quellen wohnten, und einen
großen Geist im Weltmeer und bat sie mit gerungenen Händen um
Vergebung.

Plötzlich sah er, wie das Dienstmädchen zu Hause bei seinem
Bruder eine weißbeschlagene Karaffe mit gelbem Wein auf den ge-
deckten Tisch stellt, und schrie. Streckte die Hände aus, als ob er sie
um das gewölbte Glas legte, und zog sie an die Lippen, an die Kehle.
Preßte sie an seinen Leib.

Der Wärter brachte ihm Wasser. Gierig setzte er die Flasche an
den Mund und trank. Das Wasser war lau und schmeckte nach
Fäulnis. Er verlangte Wein. Aber da zwei Glas Wein genügten, um
ihn betrunken zu machen und er in der Trunkenheit die schlimmsten
Wutanfälle bekam, gab man ihm nur noch Wasser.

Eines Tages zerschlug er die Wasserflasche vor den Augen des
Wärters, der ihm den geforderten Wein abschlug. Er warf sich gegen
die Tür, die der Wärter schnell hinter sich geschlossen hatte, und
schlug sich die Glieder wund bei dem verzweifelten Sturm auf das
eisenbeschlagene Holz, das sich unter seinen Schlägen nicht einmal
bewegte. Brach in die Knie und flog seitwärts gegen die Wände und
auf den Boden. Raffte sich auf und begann von neuem, er schrie an
dem vergitterten Fenster empor.

Wasser – was war ihm Wasser! … Es konnte den Durst nicht lö-
schen, der ihn verwüstete … Die Kühle verdampfte an seinen Lippen,

es bekam einen eklen Geschmack, es war verdorben, vergiftet, besiegt, bevor es noch den Kampf mit dem roten Schirokko hätte aufnehmen können. Der blies in allen Adern seines Körpers, in den großen, wo sein dumpfes Brausen aus- und einfuhr, und in den feinsten, durch die er sich mit nadelspitzen Bohrern drängte …

Wasser – mußte nicht auch die Erde ihr Blut hergeben, um den Durst des roten Wolfshundes zu stillen, der sie gebieterisch umkreiste? Mußte nicht das Blut der Pflanzen und Tiere, aller Tiere, auch des Menschen, ausdorren seinetwegen? Dampfte es nicht unaufhörlich aus den Eingeweiden der Erde, stand nicht über der Erde eine einzige große Rauchsäule, gebildet aus Millionen kleiner Rauchsäulen, die sich aus jedem Lebendigen erhoben?

Wasser – was sollte Wasser dagegen ausrichten können? Wein wollte er, Wein, der Farbe hatte wie alles Starke, der die Kraft eines muskulösen Ringers besaß, der sich anklammerte und festhielt, ohne daß der Atem ihm ausging, und der sich durch jede Bewegung neue Wucht verlieh zum Anprall und der schwer genug war, um den Gegner unter sich zu begraben, bis die gierige Rothaut schlaff und grau wurde und erlosch.

Wein und Blut! Kennt ihr nicht ihre Zusammenhänge? Wißt ihr nicht, daß Völker in diesem Mysterium geboren sind und sterben? Mittelländer! Ihr seid das kultivierteste Volk Europas, nein, der Welt. Ihr steht auf den obersten Stufen der Jakobsleiter und müßt nächstens hinuntersausen, weil es höher hinauf nicht geht. Vor diesem erhabenen Purzelbaum, ich bitte euch, versteht: Ich verdurste, wenn ihr mir keinen Wein gebt, vielmehr: Ich werde wahnsinnig, ich löse mich in einem Schwarm Roßmücken auf, mir scheint, ich fliege bereits brennend durcheinander. Brrs … Brrs … Mittelländer, gebt mir zu saufen. Morgen seid ihr ja doch alle tot …

In seiner Zelle litt Benkal höllischen Durst.

6.

In seiner Zelle litt Benkal himmlische Liebe. Vom Durst heilten ihn allmählich die Ärzte. An seiner Liebe konnte keiner tragen helfen, außer der einen, Hahna.

Sie konnte ihn bei Tag vor den Menschen nicht besuchen. So kam sie nachts, wenn die Menschen taub und blind waren vor Schlaf.

Nur ihm erschien Hahna im brennenden Dornbusch des Traums, und sie war kühl und weich wie Weißbrot ... Sie kam zu ihm genau, wie er sie kannte ... so, wie er sie gelehrt hatte, vor Liebe schamlos zu sein. Lächelnd zeigte sie ihre schmalen Brüste, die wie kleine Trauben an ihr hingen, und die traurige Sanftmut des Leibes, der oft geboren hatte ... Die gefügigen Hände hingen, nicht größer als eine weiße Pegonie, die der Wind auseinander faltet, an den braunen Honigwaben der Hüften.

Hahnas Hüften waren stark, sie schienen gar nicht zu ihrem kindlichen Gesicht zu gehören, sie hatten einen viel älteren Ausdruck als der ganze übrige Körper ... Deshalb liebte Benkal sie mehr als die vielen blanken Rundungen, die ernst lächelnd am Körper hinaufstiegen bis zu den Schultern, wo sie sich wie ein Malstrom um den Hals ergossen, mehr als die kichernden Grübchen, die man wie Schlittenglocken sich entfernen und wieder näher kommen hörte, mehr als das zauberische braune Haar, das, über die Schultern und Brust geworfen, die nicht mehr junge Frau in ein Mädchen verwandelte, und selbst mehr als die schattenlosen Goldlackaugen, die so harmlos mit den knabenhaft unruhigen Füßen schäkerten ...

Das allein belustigte ihn und machte ihn verliebt. Das waren die Schnelläufer, die seine fliehende Laune einholten und ihn tanzend und lachend zu ihrer Herrin zurückbrachten.

Sie verstummten vor dem leidenschaftlichen Ernst und uralter Dankbarkeit, verschwanden kopfüber in einem Abgrund mystischer Sehnsucht, wenn sich seine Gedanken in der überschatteten Wiege von Hahnas Hüften ausstreckten ... Hier war Heimat und der unendliche Trost ...

Nein, Hahna, Benkal möchte dich nicht anders, als wie dein Leben dich geschaffen hat. Benkal liebt dein Wachstum von Anfang an. Glaub nicht, daß er dein Geburtenmal, vor dessen Enthüllung du gezittert hast, nur küßt, um dich zu trösten … Diese königliche Narbe erfüllt ihn mit einer Rührung, die du vielleicht nicht begreifen kannst, weil du eben kein Mann bist. Die Brüste, die du voll und stark haben möchtest, sagen ihm tiefere, zärtlichere Dinge als die vollen und starken Brüste, wie sie die Maler und Bildhauer darzustellen lieben, aus Gründen, die Benkal wohl ahnt, weil auch er nur runde harte Brüste kaufte zur Zeit, als er noch keine wirklichen Frauen, sondern feile Götzen liebte …

Klage auch nicht, daß du deine Hände in der Küche verdorben habest. Sie bekamen dadurch einen kleinen harten Zug von Lebenskampf und Erfahrung, der deiner ein wenig haltlosen Natur gut steht und den du, wenn du auf Benkal hörtest, nicht immer durch übertriebene Pflege verwischtest …

So hat Benkal zu Hahna gesprochen, als ihr Nervenzustand sie mit besorgten und aufgeregten Flügelschlägen in seine Arme hatte rumpeln lassen. Sie wäre nie davon zu überzeugen gewesen, daß sie in dieser grauenhaft kleinlichen Stunde, die die eheliche Verschwiegenheit von ihrem fehlerhaften Leibe zog, einem, den sie schier für einen Wüstling und jedenfalls für einen anspruchsvollen Herren hielt, in Wahrheit die Liebe offenbart hatte.

Seine Güte selbst erschien ihr als die Frucht großer Erfahrung, vor allem aber glaubte sie darin die Absicht zu erkennen, ihr häusliches Leben nicht zu stören. Denn Benkal zeigte ihr auch schöne Eigenschaften ihres Gatten, die sie vorher nie an ihm bemerkt hatte, er lehrte sie ihre Kinder besser lieben, sie vernünftiger anleiten, als sie es früher verstanden hatte, wo die Kinder, wie sie meinte, zu oft, tyrannisch, wie ein unüberwindbares Hindernis zwischen ihr und dem Leben einhergelaufen waren.

Obwohl Hahna mit den kurzen Gedanken die Größe von Benkals Hingabe nicht ermessen konnte, wußte sie doch recht gut, daß sie ihm, neben einigen heftigeren Freuden, die so schön abenteuerliche Ruhe, die so pochenden Herzens durchschlichene Sicherheit ihres

Lebens verdankte … Sie atmete in der heißen und klaren Luft, die er mitbrachte und die er daließ, wenn er fortging, und wenn der Vorrat aufgebraucht war, mußte Benkal sich beeilen, die Türe ihres Zimmers zu öffnen, damit Hahna nicht erstickte …

Arme Hahna, nun lag sie in den Nächten ängstlich an die Wand gedrückt und sah, halb aufgerichtet, ohne sich zu rühren, mit weitge-öffneten Augen, über alles hinweg, auf das große graue Haus, in dem sie Benkal gefangenhielten … Ihre Augen suchten die Zelle, wo er, mit offnen Augen wie sie, auf einer Holzpritsche lag, und so stark war ihre Sehnsucht, daß ihre Augen manchmal erlöschend die seinen trafen, die groß und stark vor ihr standen und sie anglühten im Dunkel … Hahna ließ sich leise, ruckweise in das Kissen sinken und schlief ein.

Aber gleich darauf trat sie in Benkals Zelle aus dem brennenden Dornbusch des Traumes, stellte sich neben sein Lager und lächelte auf ihn herab.

Um sich tagsüber deutlicher an sie zu erinnern, begann Benkal Hahna auf Papier zu zeichnen. Dabei ging er sehr sorgfältig vor, denn es kam ihm darauf an, auf diesem Wege in den Besitz möglichst vieler Einzelheiten von ihr zu gelangen.

Zuerst war es eher eine Landkarte als eine Bildstudie, die er von Hahna anlegte und auf der er die kleinen Wirklichkeiten, so wie sie aus dem einmal gegebenen Zusammenhang des groben Umrisses in seiner Erinnerung auftauchten, eine nach der andern eintrug.

Bald hatte er so viel einzelne Züge gesammelt, daß er mit erhöhter Freude und wie auf einmal selbständig geworden, anfing, die vielen kunterbunten Notizen in ansehnliche Linien zusammenzudrängen, sie hübsch zu verteilen, so daß sie gute Nachbarschaft hielten, und sie so lang herauszuputzen, bis sie ein deutlich Gesicht bekamen.

Aber merkwürdig, je weiter er in seiner Arbeit fortschritt, um so mehr drängte alles in den Umriß hinein, dem er im Anfang gerade die geringste Beachtung geschenkt hatte. Voller Fröhlichkeit ließ er sich verleiten, mit dem Umriß zu spielen, in der Erkenntnis, daß Hahnas ganzer Reichtum schon in ganz wenigen, dünnen Linien enthalten sein konnte. Er brauchte nur den Rhythmus seiner Verliebtheit hineinzulegen, wie er in ihm wogte und sprang, und nun suchte er sich nicht mehr an Wirklichkeiten zu erinnern, er hielt den Bleistift und ließ ihn wie ein Medium seiner inneren Musik gehorchen …

Da stellte es sich heraus, daß die Zeichnung aus der Musik aufblitzte wie der Rücken spielender Delphine im Meer, sprunghaft und in solchen Zwischenräumen, daß die Gestalt verlorenging.

Ich kann es halt nicht, sagte sich Benkal. Man muß das gelernt haben, und seine Gedanken kehrten zu Hahna zurück, so wie er sie kannte. Und wieder verlangte es ihn, ihre Gestalt festzuhalten, nein, sie neu zu erschaffen für sich, ihr ganzes Wachstum nachzukneten … aus der unförmigen Masse bis auf diesen Tag!

Die Wärter verschafften ihm einen großen Klumpen Lehm, den er auf eine Kiste stellte. Er setzte sich mit gespreizten Beinen davor auf den Boden und begann in der nassen Erde nach Hahna zu suchen.

Tage vergingen, Benkal saß an der Erde und wich nicht von seiner Arbeit. In dieser Lage nahm er seine Mahlzeiten ein, er ruhte aus, indem er den Oberkörper gegen die Pritsche zurücklehnte und stundenlang in die werdende Gestalt vor ihm hineinträumte.

Langsam kam sie ihm entgegen, und wenn die Sonne auf den nassen Lehm fiel, schien sie sich schon zu regen, zwar nur leise; in einem schier unmerklichen Zittern, das sie durchlief, aber das Hahna gehörte!

Da waren wie hinter einem dichten Schleier die schmalen Brüste und der sanfte Leib, der oft geboren hatte, und die großen, ernsthaften Hüften. Die blanken Rundungen kletterten an ihr hinauf, kleine Grübchen lachten hellauf, wie die Glocken eines Schlittens, der aus dem Wald fährt … Bald wird Hahna auch tagsüber bei Benkal sein, und sie wird immer bleiben, auch noch, wenn er sie verloren hat oder wenn sie beide tot sind.

Zum erstenmal denkt Benkal an die Zukunft. Er schließt die Augen, um sein Leben zu betrachten, diesen unentdeckten Weltteil, der plötzlich vor ihm aufgestiegen ist. Endlos dehnen sich die Felder im

Sonnenschein vor seinen Füßen. Das alles gehört ihm. Benkal streckt segnende Arme aus.

Die Hände ballen sich zur Faust. Dies alles soll fruchtbar werden …

Er überlegte, was es für ihn noch alles zu lernen gab, bevor die Arbeit recht beginnen konnte.

Erst zu der brauchte er mehr als ein Leben. Ein zweites, drittes, in seinen Werken; er brauchte den Ruhm, nach seinem Tod, als die Verlängerung dieses einen armseligen, schon halb vertanen Lebens, das ihm nicht genügte.

Schnell! Nur keine Zeit mehr verlieren …

Er ließ einen Rechtsanwalt kommen und setzte ein Gnadengesuch auf. Er hatte Besprechungen mit seinem Bruder. Zu allem war er bereit, wenn man ihn nur aus der Haft entließ.

Da brach der Krieg aus, und Benkal wurde in Freiheit gesetzt.

7.

Die Ausdrucksfähigkeit des menschlichen Bauches ist unbegrenzt, zumal da, wo er in Freiheit auftritt, beim Manne. Es versteht sich, daß dazu auch die Art gehört, wie der Bauch getragen wird.

Laßt einen beleibten Mann, vom Kopf bis unter die Brust vermummt, vorbeigehn, und ihr werdet seine Art mit einer Deutlichkeit erkennen, die hernach die Enthüllung dessen, was sich über dem Magen befindet, durch unwesentliche Allgemeinheiten nur verwischen kann.

Dann ist es auch rührend anzusehn, wie treu die Hose, an sich doch ein gleichgültiges Stück Tuch, das Wesen ihres Inhalts annimmt, in schlaffen Falten verschämt um Nachsicht bittet oder aber herrische Gesichter schneidet, deren Anmaßung sich bis an die Stiefelabsätze fortsetzt. Sie schiebt sich breit und voll selbstzufriedener Gutmütigkeit vorwärts, schleicht mißtrauisch um die Hüften herum, lauert, gespannt vor Bosheit und Heimtücke, zwischen den Beinen, die sie wie mit Gummi zusammenhält vor lauter Angst, man könnte sie dort aus ihrem Versteck ziehn und sie zu einem konventionellen Lächeln zwingen, das doch nur – sie fühlt es schon wie Vitriol über ihr Gesicht laufen – zu einem Grinsen würde.

Wieviel Geschichten ließen sich erzählen von Bäuchen in ihren Hosen, und dabei dürfte auch die des Märtyrers nicht fehlen, des widerwillig geduldeten, gehaßten, gedemütigten und deshalb charakterlosen Bauches, den sein Besitzer zugleich im Rücken und in der Front angreifen läßt, um ihn zwischen Schenkeln und Brust aufzureiben. Gewöhnlich weiß er sich dank seiner übernatürlichen Zähigkeit zu behaupten, aber er lebt nur, um zu leiden.

Benkal des Älteren Leib führt die gemessene, aber sichere Sprache eines mittelländischen Zahnfabrikanten, dem viele, darunter hervorragende Bürger der Königstadt zu Dank verpflichtet waren. Er gab sich artig und zurückhaltend, wie man mit reichen, gepflegten Kundinnen sein soll. Zugleich heimelte er auch den Bauersmann und kleinen Gewerbetreibenden an, die den großen Sack mit dem Kleingeld füllten. Man sah ihm an, daß er die Universität besucht hatte und daß die geistigen wie materiellen Lücken, die in seiner Jugend nur zu sehr aufgefallen waren, sich, gewiß zum Vorteil der Gesamtentwicklung, nur langsam gefüllt hatten. Ja, man sah ihm sogar an, daß er Benkals, des richtigen Benkal, Benkals des Jüngeren Bruder war.

Man erkannte es an dem Schimmer von Langmut, Sanftmut, Uneigennützigkeit, dessentwillen alle Welt ihm Vertrauen schenkte. Von der leidenschaftlichen Liebe zum Weibe hätte er irgendeinen heftigeren, unruhigeren Zug erhalten, Elternliebe hätte ihn unterwürfiger gemacht. So liebt nur ein Bruder, und Benkal der Jüngere war eben nicht von der Art, wie es viele Brüder gab, er war besonders, und das spiegelte sich natürlich in der Liebe des Älteren und gar, wenn er vor dem Sofa saß und zuhörte, was der Kleine ihm wieder von sich zu erzählen wußte.

Benkal lag zusammengerollt in der Ecke des Sofas und nahm ein Seelenbad in dem wohltuenden Anblick des Bruders. Er hatte schwere Zeiten hinter sich. Hahna, die nicht hatte warten können, war ihm untreu geworden …

Sie liebte seinen Freund Trule, und sie liebte ihn nicht so, wie es hätte sein sollen. Statt Trule zu nehmen, wie er war, verkleidete sie ihn in einen Benkal, der schlankere Beine und einen goldklaren Schnurrbart bekommen hatte. Zwar glaubte Benkal nicht sicher zu sein, ob er Hahna nach dem verzückten Zusammenleben mit ihrem Bild im Gefängnis noch hätte lieben können ... Er konnte es nicht sagen, denn, bevor er sie wiedergesehn hatte, war Trule zu ihm gekommen, um mit ihm zu sprechen ... Sein Bruder allerdings, den er an dem geschäftsfreien Nachmittag zur Bearbeitung des Problems zugezogen hatte, versicherte mit Festigkeit, daß Benkal die Frau nicht mehr hätte lieben können, und wenn sie noch so groß und noch so kostbar gekleidet sei. Denn die schönste Wirklichkeit könne, wie uralte Erfahrung lehre, nicht standhalten vor dem Traum. Überdies war er der Meinung, daß die Dame, die Benkal ihm nicht näher bezeichnet hatte, die er aber für die Frau irgendeines Kriegers hielt, durch ihre Untreue das Anrecht auf Mitgefühl verscherzt habe; es tat ihm leid, denn sicher war sie von feiner Art, aber ein Mann mußte gegebenenfalls auch grausam sein können.

Schwerer als Hahnas Untreue drückte Benkal ein Gefühl der Verantwortung, das ihn auch noch quälte, als er Hahnas neue Liebe bereits mit Freundlichkeit betrachtete. Irgendwie fühlte er sich für Hahnas Wohlergehn verantwortlich ... verantwortlich vor dem Weltgeist, der Liebe, der Liebe aller Menschen. Denn schon ächzte Trule unter den Benkal wohlbekannten, Trule aber vollkommen unverständlichen Äußerungen Hahnas, daß sie nur ihren Mann wirklich liebe und nie, nie die Geliebte eines andern sein könne ...

Wenn sie einen solchen Anfall von schlechtem Gewissen bekam, hatte Benkal sie gestreichelt und ihr zugestimmt, wie man ein ängstliches Kind tröstet. Trule war ein Schwärmer und Tyrann, war nicht dazu geschaffen, auf die Dauer die seltsamen Beschwörungen eines so offenbar ungefährlichen Nebenbuhlers zu ertragen. Er rüstete zu einer Machtprobe, aus der Hahna in jedem Fall gebrochen hervorginge. Entweder es gelänge ihm, ihr eine innere Befriedigung, die sie brauchte, einen wesentlichen Halt ihres kleinbürgerlichen Gemütslebens zu nehmen, oder sie würde in die Arme ihres Gatten zurückgeworfen, wo alle Demütigungen, vielleicht Schläge, aber sicher keine Nachsicht sie erwarteten. Denn Hahnas Mann war auch ein Tyrann, aber kein Schwärmer. Hahna würde schlecht. Letzten Endes durch seine Schuld ... Die größte, die einzige Sünde war, Liebe zu verderben ...

Ja, es war eine sehr wichtige Angelegenheit für Benkal ... Und er wollte sie aufsuchen. Morgen. Ihr sagen: Hahna liebt nur ihren Mann. Sie ist ihm untreu geworden, weil sie einsam und verbittert war. Sie wäre es nie geworden, wenn er sich ein wenig mehr um sie gekümmert hätte. Sie würde es nie wieder, sie trennte sich auf der Stelle von Trule, wenn sie sähe, daß ihr Mann ihretwegen litte ... Das wissen wir, Hahna, und ich vermute, Trule weiß es im Grunde auch. Aber wirf es ihm nicht immer ins Gesicht. Du willst ihn doch nicht vor sich und dir verächtlich machen? Betrachte es wie ein stillschweigendes Übereinkommen, und wenn Trule um deine ganze Liebe schreit, so sage doch ja zu dem, was du ihm sowieso gibst ...

Benkal der Ältere saß vor dem Sofa und versuchte zu erraten, was der Kleine plötzlich Seltsames zu träumen hatte. Der Kleine hielt die Augen geschlossen, aber sein Körper arbeitete, die Adern an den Schläfen schwollen auf und ab, und manchmal stöhnte er mitten aus einem zittrigen Lächeln.

Als er die Augen aufschlug, ließ er sie dankbar auf dem Bruder ruhn, dann sagte er: »Die Arbeit befreit. Sie stellt alles wieder an seinen Platz, sie ordnet die Welt, als wäre es zum erstenmal ... Ich will an meine Mütter gehn.«

Er bildete Hahna noch einmal. Sie stand verstört über ihren Kindern, aller Glanz war von ihrem armen Leibe gewichen, der fassungslos zusammensank in die ewige Nacht der Hüften. Nur auf den Schultern ruhte noch immer der bräutliche Schmelz, wert, daß gütige Arme sich darauf niederließen.

Gegen Abend fuhren die Brüder oft an die Peripherie der Stadt, wo Parkanlagen sich weithin ausbreiteten und in Wälder und Kornfelder übergingen. Benkal lag am Boden und sah den Bäuerinnen bei der Arbeit zu.

Es waren starke Frauen mit tierhaft gesundem Leib, denen der Rock lose an den Hüften hing. Ihre Brüste bewegten sich in den Kattunblusen wie strotzende Euter. Wenn sie die Augen hoben, flog der Blick gleich über die Felder dem Horizont zu … Mit der beschattenden Hand über den Augen standen sie feierlich in der Natur, die plötzlich für einen Augenblick verstummte, als folgte sie lauschend ihrem Blick.

Am liebsten saß er auf einer Bank der Anlagen, wohin bei sinkender Nacht müde, schweigsame Arbeiterfrauen kamen. Sie hatten die Kinder schlafen gelegt und lustwandelten jetzt am Arm ihres Mannes, mit dem sie nicht recht Schritt hielten; sie blieben immer ein wenig zurück. Weilten ihre Gedanken anderswo und folgte der Körper nur widerwillig der Richtung, die der Mann angab? Aber obwohl er, die Hände in den Hosentaschen, den Arm der Frau eingeklemmt, mit vorgestrecktem Kopfe zog, schien auch er zu träumen und sich treiben zu lassen. Nur, daß es bei ihm aussah, als ob etwas vor ihm, in der Ferne, ihn anzöge, während eine andere Macht die Frau zurückhielt. Trotzdem lagen ihre Gesichter still und zufrieden wie der dunkelnde Park, durch den sie trieben.

Benkal wußte nicht, warum der Anblick der wenigen Paare, die so an ihm vorbeigingen, ihn mehr schmerzte als die Verlassenheit der vielen Frauen, deren Männer im Kriege waren! Sie kamen, die Arme eingehängt, in Gruppen von vier und fünf, sie ließen, alle auf einmal, einen großen Blick auf die Brüder fallen, einen Blick, der nichts verriet, der nicht kalt war und auch nicht warm, weder leicht noch schwer, einen Blick, der in der Schwebe über dem Leben hing, und wenn sie vorbei waren, fühlte Benkal, wie sich eine Leere hinter ihnen schloß, wie die Strömung hinter einem Nachen. Sie tauchten auf und verschwanden in der Dämmerung und blieben bis tief in die Nacht. Zuletzt konnte Benkal nicht mehr unterscheiden, ob sie noch da waren oder ob nur die Bäume und Sträucher sich im Dunkel bewegten. Das einzige Wort, das er von den Frauen gehört hatte, immer dasselbe, war: Der Krieg. Der Krieg … Dort hinten in der Nacht lag die Bestie geduckt am Boden, und die Nacht voll klopfender Frauenherzen hielt, halb ohnmächtig, den Atem an in Erwartung ihres Sprunges …

»Hast du schon eine Katze mit ihren Jungen gesehn?« fragte Benkal einmal auf der Heimfahrt … »Wenn man ihr zu nahe kommt, scharrt sie die Jungen unter sich und versucht sie mit ihrem Leib zuzudecken … So müssen die Mütter da draußen nachts über ihren Kindern liegen.«

Der Ältere sah lange an sich hinunter und antwortete, plötzlich überwältigt: »Ich möchte auch Kinder haben.«

8.

Fünf Armeen der Mittelländer sind nach Osten marschiert, den Kremmen entgegen. Drei stehn im Westen und erwarten, gestützt auf die Grenzfestungen, den Angriff der Langnasen.

Die Kremmen sind vor dem Ansturm der bis weit in ihr Land vorgetriebenen Heere in die Ebene zurückgewichen. Sie haben eine dreitägige Schlacht verloren, in der auf beiden Seiten ganze Divisionen aufgerieben worden sind. Es heißt, und die Versicherung hebt den erschöpften Mut der Sieger, daß die Kremmen ihre besten Truppen auf dem Schlachtfeld gelassen haben. Nun gilt es, ihnen möglichst schnell den Gnadenstoß zu geben.

Deshalb dürfen die Soldaten nicht einen Tag rasten, wie sie verlangt haben. Während die Toten ringsum haufenweise in flachen Gruben verschwinden, eine ganze, nun im Tode vereinigte Armee lautlos in die Erde sinkt, marschieren die Lebenden weiter, blind noch von dem grellen Feuer, das drei Tage und drei Nächte ihnen entgegengespien hat, taub und im tiefsten verwirrt von dem fürchterlichen Lärm, der, schlimmer als die singenden Kugeln und die schier erlösenden Zusammenstöße, wie eine unfaßliche Drohung in ihren Köpfen zurückgeblieben ist. Sie schleppen ihn mit sich, ein Fieber, das sie tagsüber stumpf macht, nachts aber ihre Sinne löst, so daß sie die Dinge sehn, von denen sie bisher nichts gewußt haben: Bilder aus der Schlacht in einem seltsam klaren Licht, wie scharfe Ausschnitte, sich selbst im Kampfe mit einem unbekannten Gegner, der nun ganz deutlich vor ihnen steht und sie, mit emporgeworfenen Armen unter ihrem Bajonettstoß taumelnd, aus brechenden Augen anstarrt. Schreie, die sie an der Gurgel packen, so daß sie, mit angstgekrümmtem Magen, in wahnsinnige Gegenwehr ausbrechen ... Messerblitze, die eine Panik erzeugen und in die sie sich stürzen, weil sie sie lieber mit den Zähnen ergreifen, als sie ihr bedrohliches Spiel fortsetzen lassen ... Klagen, die sie bestimmt nicht gehört zu haben glauben. Aber sie haften in der Ohrmuschel. Irgendeine Bewegung rührt sie auf, und dann kommt von weither ein Laut wie von einem Hilferuf oder einem Stöhnen.

Andere Male ist es nur ein dunkles, vom Krachen gelber Explosionen erfülltes Loch, durch das sie vorwärts kriechen. »Warum?« sagen sie zueinander, »warum müssen wir das tun? Sind wir nicht die Stärkeren, daß wir uns zwingen lassen? Haben wir den Krieg gewollt? Taten wir nicht unsre Arbeit? Warum gehn wir nicht mehr in den Anlagen spazieren? ...«

Um die Soldaten auf den Beinen zu halten, läßt die Armeeleitung Wein und Schnaps unter sie verteilen. Der Alkohol, die Hitze, die Erschöpfung machen sie rasend. Es geschieht, daß sie mit dem Bajonett aus den Dörfern getrieben werden müssen, wo sie die Häuser stürmen und die Herausgabe der Frauen verlangen.

Wie sie in eine Stadt einrücken, kommt ihnen eine Abordnung schwarzgekleideter Männer, von einer neugierigen Menge begleitet, entgegen. Sie machen halt, und die Offiziere sprechen mit den Bürgern.

Diese erzählen, daß nach dem Durchmarsch eines größeren Truppenteils plötzlich einige Soldaten in den Häusern erschienen seien und gebeten hätten, eine Nacht in einem Bett schlafen zu dürfen. Aus Mitleid habe man ihrem Verlangen entsprochen, ihre Erschöpfung sei aber jedenfalls zu groß gewesen. Als man sie habe wecken wollen, habe man sie tot im Bett gefunden.

Ein Offizier packt den erstbesten Bürger am Kragen und brüllt ihn an, daß es alle hören: »Kerle! Ihr habt sie umgebracht!«

In zwei Minuten rufen sie es sich in den hintersten Reihen zu. In dieser Stadt sind schlafende Soldaten von den Einwohnern ermordet worden.

Und während vorn zwischen den Offizieren und den sich widersetzenden Städtern ein Handgemenge entsteht, drängen die hinteren Abteilungen gegen die vor ihnen stehenden, die sich erst gegen den Druck stemmen, aber plötzlich fortgerissen werden. Soldaten sind aus dem Glied gesprungen, um den Offizieren gegen die schreiende Menge beizustehn.

Im selben Augenblick reißen die Bande der Disziplin. Alles stürzt vorwärts. Die Kremmen werden niedergemacht, die ernüchterten Offiziere, die ihre Mannschaften aufzuhalten suchen, umgerannt oder zur Seite gestoßen, und nun geht es im Laufschritt durch leere Vorortstraßen in die Stadt … Im Laufen schießen sie hinter den Offizieren her, die quer über die Felder davongaloppieren …

Nach Stunden trifft Kavallerie mit Maschinengewehren ein. Sie werden von einer Gruppe betrunkener Soldaten in aufgerissenen Kleidern, die aus einem Haus gestürzt kommen, um in das nächste einzubrechen, mit Johlen und Pfeifen begrüßt.

»Schießt auf die Offiziere«, schreit einer. »Die Offiziere haben die Reiter gerufen!«

Sie heben die Gewehre und eilen auf eine Haustür zu. Diese schlägt dicht vor ihnen zu. Sie stoßen die Scheiben ein, um sie von innen zu öffnen. Da erhält einer aus dem Innern einen Schuß mitten ins Gesicht und schlägt vornüber auf die Türschwelle.

Die andern stehn eine Weile und suchen zu erraten, was man ihnen aus dem Hausgang und, als sie sich umdrehn, von den Pferden dort drüben zuruft. Einige Reiter lösen sich los und kommen, die Hand am Karabiner, langsam auf sie zugeritten. »Schießt auf die Offiziere!« sagt einer, als wiederholte er kleinlaut eine auswendig gelernte Lektion. Mechanisch heben sie das Gewehr an die Backe … Am Abend ist die Stadt von den Rebellen gesäubert. Die Offiziere entschuldigen sich bei den kremmischen Behörden, stellen Wachtposten auf und erholen sich von der unheimlichen Arbeit des Nachmittags bei Freunden, die durch Vergessenheit stark machen, wenn die Angst einen beschleichen will, und das Blut erhitzen, wenn man bis in die Knochen schauert.

Schließlich sagt ein ganz junger Krieger beim Anstoßen, in tiefem Baß: »Schießt auf die Offiziere!« Sie lachen und klatschen Beifall. Es wird ein Gesellschaftsspiel daraus, anzustoßen und zu sagen: »Schießt auf die Offiziere.« Manche finden dafür Betonungen, daß sie alle Tränen werfen vor Lachen ...

Das Heer marschiert weiter, immer hinter dem Feind her, bis an die Berge. Der Versuch, die Kremmen vorher zu umgehn und zur Entscheidungsschlacht zu zwingen, ist mißlungen. Die fünf Armeen vereinigen sich, während die Kremmen auf den Berghängen Befestigungswerke aufwerfen.

Acht Tage lang versuchen die Mittelländer, die Höhen im Anlauf zu nehmen. Ihre Sturmkolonnen werden im eisernen Sumpf der Stacheldrahtzäune vom feindlichen Feuer zerfetzt, sie fliegen auf Minenfeldern in die Luft, sie knicken unter der Wucht der Gegenangriffe zusammen, die die Kremmen mit überlegenen Kräften an den von ihnen gewählten Punkten ausführen, während sie anderswo hartnäckig in der Verteidigung bleiben und sich durch keinen Vorteil hervorlocken lassen.

Endlich beginnen auch die Mittelländer sich in die Erde zu graben.

Im Westen scheinen die Langnasen keine Eile zu haben. Die Westarmee führt ein heiteres Lagerleben, gelegentlich von kleinen Scharmützeln unterbrochen, wenn abenteuerlustige Offiziere zu den Vorposten hinausreiten, um sich am Abend süßer von der Freude des Daseins umspülen zu lassen. Sonntags fahren viele Frauen ins Lager, um ihre Männer zu besuchen. Die Gasthäuser der Grenzfestungen füllen sich mit den Angehörigen der Offiziere. Die Theater und Vergnügungshallen der Königstadt, die alle geschlossen haben, schicken ihr Personal nach Westen, wo nach wenigen Wochen der Reichtum, der Luxus, die Genußsucht des ganzen Landes aufgespeichert scheinen. Im Riesensaal eines Theaters tanzt die große Ij.

In den stillen Häusern der Königstadt trauern Witwen und Waisen.

Sie wissen, mit Fleiß haben sich die hohen Herrn der aufsässigen Königstädter entledigt, und sie sagen, daß die Stürme auf die Kremmer Berge nur unternommen worden seien, um mit den Königstädter Regimentern aufzuräumen. Ein Teil von ihnen war sogar von der eigenen Kavallerie niedergemacht worden. Sie sollten angeblich rebelliert haben, eine Auslegung, der natürlich niemand Glauben schenkt.

So kommt es, daß viele sich von diesem Krieg nichts andres mehr versprechen als Rache für das Erlittene, Rache an denen, die den Krieg heraufbeschworen haben. Sie führen Krieg, heißt es, nicht gegen die Kremmen und Langnasen, die ihnen nichts zuleide getan haben, sondern gegen uns. Mit *unsern* Männern und Söhnen. Wir wurden ihnen zu üppig, und als der liebe Gott uns nicht mehr in den Knien hielt, haben sie den Teufel zu Hilfe gerufen. Er wird sie selber auffressen!

Benkal hat seine *Mütter* ausgestellt. Die große Stadthalle ist gefüllt mit Frauen, die, erschrocken vor noch nie so geschauter Häßlichkeit, beunruhigt durch den Widerstreit der Gefühle, die diese seltsamen Gebilde in ihnen auslösen, und doch irgendwie bezaubert von der unendlich gütigen Wahrheit, die sie sich langsam einzugestehen wagen, viele Stunden zwischen den Bronzestatuen zubringen, sich finden und aneinander lehnen. Die sich für häßlich hielten, verlieren ihre Scham vor den Blicken der vornehmen und schönen Schwestern, in denen sie jetzt aufrecht stehn können wie Heilige. Die glücklich waren, verlieren das Gewaltsame ihrer Haltung, das maßlose Verlangen zu herrschen, die ewige Abwehr. Sie dürfen sich ohne Angst und schlechtes Gewissen und ohne das Zittern vor dem Verfall für schöner halten, als sie gewußt haben …

Eine Epidemie des Trostes bricht unter den Frauen aus. Sie heben den Kopf und wissen, daß nicht alles umsonst war, daß sie leben werden, daß alle Frauen ein einziges sind, das nicht untergeht. Und nicht nur die jungen Mädchen sehnen sich in Angst und Wonne nach den fremden Eroberern, die an einem schönen Abend in die Stadt einreiten und sie in ein fernes Land entführen sollen, wo das Leben noch einmal beginnt.

9.

Nach einem ihrer Ausflüge hatten sich die Brüder Benkal schon zu Bett gelegt und das Licht gelöscht, als der junge den älteren, der nebenan im Bett rumorte, anrief und ihn fragte, warum er nicht heirate.

Natürlich wartete er die Antwort nicht ab, sondern setzte gleich seine eigene Meinung auseinander. Die Gründe für eine Verehelichung, die den Bruder betrafen, streifte er nur flüchtig. Er brauchte nicht in den Krieg und bliebe also am Leben, und also sei er es sich schuldig, eine Familie zu gründen.

Um so ausführlicher schilderte er die Vorteile, die er für sich erwartete. Er bekäme eine Familie, in der er zu Hause wäre, und fast eine Mutter … Es ging mit einem Heim wie bei einem Vogelnest. Erst die Federn des brütenden Weibchens machten es dicht und warm. Der Geruch einer Frau durchdrang sogar die Möbel, sie blies ihnen den Atem der Ewigkeit ein. Eine hübsche, ein wenig strapazierte Frau, etwa in der Küchenschürze mit aufgekrempelten Ärmeln und kleinen Schweißtropfen an der Stirn, war die Göttin Kybele, die Menschenmutter selbst. Am liebsten wollte er eine richtige Bruthenne hier einziehn sehn, mit reichem Federschmuck und selbstbewußtem Gang. Sie sollte es gut haben und mit allem ausgestattet werden, was ihr anstand. Mit Dingen, die die Sinne erfreuten, die eigenen wie die der andern, und die nebenbei den pädagogischen Zweck verfolgten, selbst die am meisten beschäftigte Frau zur dauernden Pflege ihrer Reize anzuhalten. »Denn«, fügte der Kleine erläuternd ein, »um gefallen zu können, muß man ein Publikum haben; hat man aber erst ein Publikum, dann will man auch gefallen. Und wenn du auch am liebsten allein im Theater sitzt und dir von deiner Frau vorspielen läßt, so wird es doch euch beide erfrischen, gelegentlich auch andere applaudieren zu hören.«

Nichts war so entzückend, wie einer tüchtigen Hausfrau, die Besen und Kochlöffel zu führen verstand, in der ganz unwahrscheinlichen, immer neuen fraulichen Wiedergeburt zu begegnen, wenn sie entweder frisch aus den Kleidern stieg oder sich in eine festliche Robe schmiegte. Die gewohnten Räume wurden ganz hell davon …

Aber auch an den nötigen Einblicken in Menschen, Natur und Kunst sollte es ihr nicht abgehn. Dabei gab es eine Gefahr … Hatte sie Sinn für derlei, so neigte sie auch leicht dazu, sie über ihre Verhältnisse zu schätzen oder sie gar so zu begehren, wie die meisten Frauen begehrten, die den Mann für die Sache nahmen. Das beste wäre, ihr möglichst rasch zu Kindern zu verhelfen …

Wahrscheinlich wäre Benkal auf den Schilderungen der idealen Schwägerin langsam in den Schlaf gefahren, wenn nicht der Ältere wuchtig an die Wand gehämmert und geschrien hätte: »Ja! Ja! Ja!«

Im Nebenzimmer krachte das Bett, und plötzlich brannte Licht.

»Was ja?« fragte Benkal erstaunt.

»Kerlchen, ich habe sie doch! Ich habe schon lange gedacht, daß es das beste für dich wäre. Ich habe eine lieb, die genau so ist, und ich hätte sie auch schon geheiratet … Ich habe mich bloß nicht getraut, dir davon zu sprechen, weil ich glaubte, es könnte dir im Anfang unbequem sein, wenn jemand Fremdes in die Wohnung käme und wir zusammenrücken müßten.«

»Herrlich!« rief Benkal, aber er war enttäuscht. Es war zu schnell gegangen. Unwillig warf er sich auf die Seite und beendete die Unterhaltung.

»Na, morgen erzählst du.«

Eine Weile war es still nebenan, dann seufzte es: »Wie ich träumen werde!« Und das Licht erlosch.

Benkal, der sich doch sehr beeilte, schlief noch nicht, da lag der Dicke schon auf Traumeshöhe, wie die Arche Noah auf dem Gebirge Ararat.

Er hielt die Hände gefaltet über dem Leib, der tiefatmend Bruderliebe Welle auf Welle bis über das lächelnde Gesicht warf.

Am Tag, wo Benkal der Ältere die schöne Wan heimführte, rief der König das zweite Aufgebot unter die mohnroten Fahnen des mittelländischen Heeres. Der gewerbefleißige Bruder kam blaß und verstört in Benkals Werkstatt, um ihm die Nachricht zu überbringen.

Alle seine verheirateten Freunde mußten fort.

»Wir bekommen ein schönes Hochzeitsessen«, klagte er. »Die meisten werden zu Hause bleiben, um den letzten Abend in der Familie zu verbringen. Vielleicht kommt keiner ... Ich glaube, Wan wird traurig sein. Sie hatte sich so auf das Fest gefreut, das Kind.«

Benkal versprach, die geladenen Gäste aufzusuchen und sie zu überreden, wenigstens auf eine oder zwei Stunden zu kommen.

Die Stadt war in Aufruhr. Der königlichen Verordnung hatte man entnommen, daß es um das große Heer im Osten schlecht bestellt sein mußte, und bald durchliefen Gerüchte von Seuchen und Niederlagen die Hauptstadt. Die Leute vom zweiten Aufgebot hielten, von ihren Frauen begleitet, Versammlungen ab, wo im Geschrei und im Schluchzen der Weiber tobende Stimmen zum Widerstand gegen die Angstbefehle einer besiegten und verzweifelnden Kriegerkaste aufforderten.

Beim Verlassen der Versammlungsräume fanden sie die Stadt von Soldaten besetzt. Auf den Plätzen standen Maschinengewehre. An ihrer Haustür erhielten die Einberufenen die Aufforderung eingehändigt, sich innerhalb der nächsten zwei Stunden an den bezeichneten Bahnhöfen einzufinden.

Vor die Wahl gestellt, sofort erschossen zu werden oder möglicherweise lebend aus dem Krieg heimzukehren, verließen die letzten wehrfähigen Mittelländer die Hauptstadt.

Still wie Gefangenentransporte rollten die Züge durch die Bahnhöfe nach Osten. In den Wagen saßen sie, in leidenschaftlicher Liebe miteinander verbunden durch Haß und Furcht, und besprachen, die Köpfe zusammengesteckt, die einzige Möglichkeit einer Rettung, die zugleich die Vergeltung wäre: den Aufstand – die Befreiung und den Frieden.

In einem Wagen saßen Trule und Hahnas Mann stumm nebeneinander. Auf einmal wurde Trule am Arm gepackt, große wasserblaue Augen sahen ihn entsetzt an, und Hahnas Mann flüsterte mit versagender Stimme: »Sie kennen sie ja, nicht wahr? Glauben Sie, daß sie mir treu bleibt?«

Trule, der erschrocken war, antwortete: »Die Mütter überleben uns.«

Er fühlte sich schuldlos. Es war vorbei und vergeben. Sie gingen alle in den Tod. Trule hätte gern gesagt: Auch ich habe sie geliebt, und vielleicht mehr als du. – Aber er war schon zu einsam …

Benkal brachte Wan die Frauen der Hochzeitsgäste, und die kleine schwarze Wan war zufrieden. Die Tafel glänzte mit weißem Tischtuch und schillernden Gläsern aus der Fülle roter Rosen, deren Duft sie trunken machte. Sie lachte wie ein Vögelchen und warf helle, runde Blicke um sich, Obwohl sie nur über Kochrezepte und den Haushalt sprach, in einem fort errötete und den Dicken kaum anzuschauen wagte, war ihr, als ob sie sich einer einzigen wilden Ausschweifung hingebe, die ihr den Verstand zu rauben drohte.

Plötzlich schloß sie die Augen und wurde ganz weiß unter ihrer braunen Haut. Die Frauen nahmen sie eine nach der andern sanft in den Arm und reichten sie dann dem Gatten, der sie sorgsam hinausführte. An der Tür wandte sie sich, um den Gästen ein kleines verlegenes Lächeln zu zeigen, das danken und über ihren Zustand beruhigen wollte.

»Ich danke euch«, sagte auch Benkal zu Wans erfahrenen Schwestern, deren Witwenschaft hochzeitliche Gewänder angelegt hatte. Sie waren allein, und die blühende Tafel hatte angefangen zu welken.

»Ich danke euch, daß ihr euch habt überreden lassen, der kleinen Wan an ihrem Hochzeitsabend den Spiegel ihres Glücks vorzuhalten. Wie schön hat sie sich in diesem für sie so neuen Anblick getummelt! Ohne euch hätte sie vielleicht nicht erfahren, wie begehrenswert sie ihrem Gatten erschien und wie stark das Fieber den Eingang in die Nacht der ersten Umarmung verhängt. Jetzt wird sie sich immer an ihr Bild erinnern, wie sie es heute in eurem Spiegel sah, und wenn sie, wie heute ihr, vor einer Jüngern sitzt, im Festkleid, aufgetaucht aus grauen Tagen, wird ein Regen von diesen Rosen auf diese gewöhnliche Sache, die Ehe, auf Sorgen, gedämpfte Freuden, liebgewordene Müh' und Langeweile niedergehn. Für die meisten gibt das Leben nicht mehr her. Wer gelitten hat, weiß, daß es viel ist. Zum Glück

macht Arbeit müde, und Müdigkeit kennt nichts Schöneres als Aus-
ruhn … Die Männer stürmen empor wie heiße Tage, flammen und
verbrennen über dem tiefen ewigen Meer, das die Frauen sind. Ihr
seid der lange, schwere Atem der Nächte, in denen wir unsre
Schritte abenteuerlich irren hören. Wenn sie verstummen, glänzen
die Sterne heller, wir sind in eure Ruhe eingekehrt.

Nicht in den Männern, die dort zwischen euch morden und gemordet werden, nicht in ihrer flackernden Unrast wacht das Leben, sondern in euch, die ihr wartet, Kinder empfangen und austragen könnt
– und ihr seid eins hier und in den Städten der Kremmen!«

»Benkal spricht wahr«, sagten die Frauen. »Wir haben nie ge-
wünscht, daß die Männer und Söhne unsrer kremmischen Schwestern
getötet werden. Sind sie nicht Geliebte und Mütter wie wir?«

10.

Trotz des Krieges drang Benkals, des Frauentrösters, Ruf über die
Grenze.

Alle Welt bewunderte die mittelländischen Frauen, die so sehr
Frauen waren, ein Erzeugnis sorgsam gepflegter und immer verfeiner-
ter Lebenskunst von zahlreichen Generationen. Der Mann, der ihnen
alles gab, was der Ausbildung ihrer Sinne zukam, bewahrte sie, eifersüchtig auf seine Freude bedacht, vor allem, was sie über die nach
seinem Willen unverrückbaren Grenzen der Liebe hätte hinausführen
können. Wenn man die Männer auf das Beispiel der Mädchen und
Frauen hinwies, die an außerhäuslicher Arbeit teilnahmen, ohne dabei
ihren fraulichen Reiz einzubüßen, so antworteten sie, daß der im
Blute gewahrte Schatz von Jahrhunderten allerdings nicht von heut
auf morgen verbraucht werden könne, daß er aber mit der Zeit not-
wendig in der Ausübung eines robusten Handwerks verlorenginge.
Und sicher wuchsen im Mittelland kluge Mütter und leidenschaftliche
Geliebte. Die Fremden staunten über die Mädchen, die schon wie
kleine Frauen über die Straße schritten … Die Männer rasten, zu
Knäueln verbissen, auf den Schlachtfeldern vor den Bergen. Über

ihrem stöhnenden Kampf begegneten einander, scheu und ehrfürchtig, die Gedanken der Geliebten und Mütter. Benkal bekam Briefe von Bewohnern der kremmischen Hauptstadt, die um Abbildungen von seinen irdischen Frauen baten.

Er schickte ihnen auf einem Umweg über den Süden die *Mütter*. Die Halle, wo sie aufgestellt wurden, sah Frauen aller Alter, die, zuerst abgestoßen, dann bezaubert von einer unendlich gütig gesehenen Wahrheit, zwischen den Bronzestatuen verweilten. Die sich für häßlich hielten, konnten da in den Blicken der Prächtigen aufrecht stehn, wie Heilige im Altarlicht. Die Glücklichen neigten sich, fast schuldvoll, über eine bisher unbekannte Schönheit ihres Frauentums, die, unabhängig von den Jahren, ihren vergänglichen Glanz in einem tiefen Spiegel sammelte, darin er nie ganz verlöschen konnte.

Als die *Mütter* zurückkamen, wurden sie, da inzwischen in der Königstadt ein großes Kindersterben angehoben hatte, auf demselben Umweg von hilfsbereiten kremmischen Frauen begleitet.

Benkal war da. Er stand tiefer im geheimen Werden der Zeit, als er selbst noch ahnte. Was er schuf, das waren keine von den bekannten schönen Gegenständen, die das Auge erfreuten. Wie auf der Suche nach den letzten Kräftequellen seines Volkes war er bis in dessen Eingeweide hinabgestiegen, er hob die Liebe, das einzige, was das sterbende Reich der Welt vermachen konnte, mit den Wurzeln aus …

Nichts andres sah er, während er viele Liebschaften hatte, von denen er nur verlangte, daß sie ihn mit der Atmosphäre der Frau umgaben. Er suchte keine.

Nur die Frauen waren einander so ähnlich!

Ein Schein des Haars, ein Blick, der neue Reiz einer Hand, der Klang einer noch nicht vertrauten Stimme zogen ihn unmerklich von der einen zur andern. Er hätte nicht ohne sie sein können, aber er entbehrte keine, die ihn verließ.

Nur Kru, die schien gar nicht zu wissen, wie sie es hätte anstellen sollen, um ihrem Mann untreu zu werden, der mit einem Haufen andrer, schrecklicher Männer im Osten vor den Bergen lag. Trotzdem war ihr Soldat eifersüchtig, und Kru litt darunter. Nicht als ob sie gekränkt gewesen wäre, nein, aber es tat ihr weh, daß er sich außer mit den weit ernsteren Gedanken über den Feind und um seine geschwollenen Füße auch noch ihretwegen plagte … Kru kannte bei Dingen, die ihren Mann betrafen, weder klein noch groß, sie konnte nicht Wichtiges von Unwichtigem unterscheiden, ihr war alles gleich bedeutungsvoll.

Um so leichter nahm sie selbst die schwersten Angelegenheiten, in die ihr Mann nicht verwickelt war, wie die anfänglichen Werbungen Benkals, Benkals große Träume und seine wirklich selbstlose Freundschaft. Die ersten hatte sie einfach abgeleugnet. Benkal konnte sich noch so mühen, um seine Verehrung in heftige Erscheinung treten zu lassen. Kru sah so lange über sie hinweg, bis sie wirklich nicht mehr da war. Die Träume, die er ihr anvertraute, fand sie berauschend kühn, und sie glaubte fest, daß sie in Erfüllung gingen. Sie glaubte so fest daran, daß sie ihr schon zum größten Teil verwirklicht schienen. Über den Rest, der bald nachkam, lohnte es nicht, sich aufzuhalten. Was schließlich Benkals Kameradschaft betraf, so konnte kein Zweifel bestehn, daß sie ihm Gleiches mit Gleichem vergalt. Wenn er sich an das Bett ihres kranken Jungen setzte und ihn stundenlang mit allerhand Kunststücken aus Knetgummi erfreute, so verbrachte sie ebenfalls halbe Tage damit, ihn durch ihre Gegenwart an der Arbeit im Atelier festzuhalten, und, was anstrengender war, sie half ihm, wenn seine ›Musik‹, wie er die Gesamtheit seiner Liebschaften nannte, in Lärm auszuarten drohte, bei dem es sich nicht mehr recht hätte arbeiten lassen.

Als die Krankheit des Jungen ernst wurde, blieb Kru fort, und Benkal durfte auch nicht mehr zu ihr. Sie kämpfte allein mit dem Tod, der in das luftige Zimmer mit den weißen Möbeln getreten war. Sie kämpfte unverzagt, bis es zu Ende war.

Neben dem toten Kind brach sie zusammen und war lange krank. Niemand durfte sie besuchen. Sie ließ Benkal sagen, daß er der erste wäre, den sie riefe, wenn sie sich besser fühlte.

In allen Häusern starben Kinder. Aber die kleine Wan, die schwanger war, saß am Fenster und lächelte. »Überall sterben die Kinder«, sagte Benkal verzweifelt, er dachte an Kru.

»Es ist sehr traurig«, nickte Wan und lächelte.

»Warum lächelst du?« fragte Benkal.

»Lächle ich?« antwortete Wan und sah auf die Straße. »Nein, es ist sehr traurig, daß soviel Kinder sterben.«

»Ja«, sagte Benkal gequält, »ja, Wan, du lächelst.«

Da bekam er einen hellen Blick in die Augen, und Wan antwortete, indem sie ernsthaft die Augenbrauen hochzog: »Es ist eine Epidemie. Die dauert eine Weile und kommt dann nicht so schnell wieder ...«

Kru ließ nichts von sich hören, und die kleinen weißen Särge verschwanden nicht aus den Straßen.

Benkal glaubte sich meilenweit abgetrieben von der Insel, auf der seine verlassene Werkstatt offenstand. Wan saß am Fenster, und er lag zusammengerollt in der Ecke des Sofas. Manchmal sagte Wan leise, ohne den Kopf zu wenden: »Da fahren sie wieder eins hinaus.

In Benkals Gedanken verschwand der Sarg von Krus Jungen schon im dichten Zug der andern. Aber alle schienen ihm gleich teuer, weil der mit Krus Jungen unter ihnen war.

Eines Nachts stand Benkal auf und begann einen Brief an Kru. Er schrieb bis in die Frühe, schlief einige Stunden und schrieb weiter. Der Boden lag voll geschwärzter Papiere, lauter lange Briefe an Kru, die er angefangen und nicht beendet hatte.

Schließlich versagten seine Finger. Die Ohren sausten ihm von den Sätzen, die er niedergeschrieben hatte. Er war wie betäubt. Kaum hatte er sich aber von der größten Erschöpfung erholt, da ließ es ihm wieder keine Ruhe. Nur schlug Krus Herz, zu dem er hinwollte, jetzt in einer zusammengedrängten Menge von Frauen, die alle Krus trostlosem Blick auf die sich entfernenden kleinen weißen Särge mit weiten Augen folgten … Drei Tage und zwei Nächte mühte er sich mit einer Arbeit, die ihm neu war und die ihn schmerzhaft entzückte. Es war, als ob er sich jedes Wort entreißen müßte, und er schrieb doch nur drei kleine Szenen. Sie sollten zu der schwarzen Menge von Frauen vor ihm gesprochen werden, und Wan sollte mit ihrem Lächeln dabeisein. Hier sind die drei Szenen, wie Benkal sie seinem Bruder gab, damit dieser Schauspieler besorgte und die Verse im Theater aufsagen ließ.

11. Das tote Kind

Erstes Bild

Ein herbstlicher Garten.

Erste Szene

Die Frau. Ihre Schwester.

DIE FRAU. Sag mir, was war. Erinnre mich. Ich lag wohl krank?
Sehr lange?

DIE SCHWESTER. Ja. Dann saßest du auf dieser Bank ...

DIE FRAU. Vorher! Was war? Erzähle, damit ich ruhig werde.

DIE SCHWESTER. Sie haben dir das tote Kind aus den Armen ge-
nommen, du schriest, und dich gepackt und auf dein Bett gelegt
und dich gehalten –

DIE FRAU. Dunkel kam über mich gefegt und drückte mich in
weiche Erde.

DIE SCHWESTER. Man ist leisen Tritts an dein Bett gekommen.
Du schlossest schnell die Augen und tatest, als ob du schliefst.
Plötzlich fuhrst du auf und riefst –

DIE FRAU. Ich hatte das Kind weinen hören im Dunkeln ... Es war
hell, eine Lämmerherde trug unter den Fenstern viel Glanz vorbei.
Ich sah die Eisenschleuder des Hirten funkeln, es war Mai ...

Pause

Der Garten hat sich oft geändert. Erst war er grün, dann silbergrau,
nun strotzt er todeskühn in allen Lebensfarben. Habe Dank, ver-
trautes Stückchen Welt. Du stehst wie eine reiche Stadt am Strom,
du überglühst ihn, reif und satt, und breitest deinen Schatten aus
wie einen Bann, in dem mit deiner, seiner Fülle schwerbeladen ein
jeder zu jeder Stunde übersetzen kann. Er scheidet, wie er kam
und weilte, voller Gnaden ... Hier hab' ich viel gesehn, wach und
in Träumen. Wälder, die schreckliche Fangnetze wachsen lassen,

wo man, und gar ein schwaches Weib wie wir, leicht hängenbleibt. Da sind Schlinggewächse, die grimmig überschäumen von den Säften, die die Angst uns aus der Seele treibt. Sind da und wollen stärker uns umfassen und nähren sich von uns, indem sie uns erdrücken, sie saugen das grelle Flackern aus Aug und Ohr und strahlen in entsetzlichem Entzücken und blühen wild empor, unsern letzten Hauch in ihren kalten Blüten aus. Darum brennt nirgends Licht so hell wie in einem Sterbehaus …

Zweite Szene

Die beiden. Ein Dienstmädchen.

DIENSTMÄDCHEN. Ein Telegramm!

DIE SCHWESTER. Dein Gatte kommt spät in der Nacht.

DIE FRAU *mit plötzlicher Munterkeit.* Lise, öffnen Sie das große Zimmer.

DIENSTMÄDCHEN. Das große? Hat die gnädige Frau daran gedacht?

DIE FRAU. Daß ich nicht mehr zum Kommandieren tauge? … Ja, Lise, öffnen Sie die Fenster, lassen Sie es tüchtig ziehn und richten Sie ein kleines Buchenfeuer. Schneiden Sie Blumen. Blumen auf Tisch, Kommode und Kamin! Wischen Sie den Spiegel. Denn, Lise, sein Schimmer muß so blank im Zimmer stehn, wie ein freundlich Auge in einem frischgewaschenen Gesicht. Jetzt laufen Sie und fürchten Sie sich nicht. Das Zimmer, das ein halbes Jahr geschlossen blieb, ist schwarz und dumpf, doch Sie stoßen sicher auf keinen Dieb. *Dienstmädchen abtretend, singend:*

> Liebe kann doch nicht erkalten,
> Sieh mal da!
> Wollen wieder Hochzeit halten,
> Fallera,
> Und zwei Betten werden eins,
> O lala,
> Alte Jungfern brauchen keins,
> Tralera.

Dritte Szene

Die Frau. Ihre Schwester.

DIE SCHWESTER. Siehst du, nun ist es überstanden. Ein Engel rettet dich von deiner Bank, auf der du im Schiffbruch jämmerlich durch Fiebermeere triebst.

DIE FRAU. Ich weiß.

DIE SCHWESTER. Ich weiß: Du liebst ...

Pause

DIE FRAU. Er glich ihm sehr, und ganz und gar in Stirn und Haar, und auch der Mund von seines Vaters Lippen war ... Einmal bin ich ertrunken in meinem armseligen Nachen, doch als ich durch perlende Wolken in grünen Himmeln schwang, da war ein Glockenspiel von meines Kindes Lachen, das brausend durch alle Räume drang, ich **hatte** meinen Jungen, ich preßte ihn dicht an mich, er hielt mich in den Armen, aber er war viel größer als ich, er war ein Licht, das alles hielt und band, er trug mich. So ruht die Erde in Gottes Hand ...

Zweites Bild

Das große Zimmer. Nachts. Kein Licht.

Einzige Szene

Die Frau. Der Gatte.

DIE FRAU. Ich habe gelebt in allen Lebensjahren, ich habe mich schlecht gemacht, ich habe versucht, wie eine Dirne lacht, um ihr Geheimnis, ihre Kraft zu erfahren. Ich war dir untreu in Gedanken, hab' dich verlassen, ich wollte, du solltest mich schlagen, beschimpfen und schrecklich hassen. Ich glaubte, ich hätte Fischaugen und fahle Wangen, kurz, ich sei häßlicher, als man sagen kann. Ich habe viel gebetet und bin dann und wann, sogar bei Nacht und

Nebel heimlich ins Kloster gegangen. Du siehst, ich hab' dir vieles abzubitten ...

GATTE. Ich glaube: wenig, das nicht auch ich gelitten ... Als ich ahnte, daß der Junge sterben müßte und dich im Traum hinwelken sah: der Junge sang »Frühling ist da«, ich zitterte, wenn ich ihn küßte – irrte ich stundenlang durch Wald und Wiesen und sprach mir zu: Nur aushalten! Frühling ist da! Die Wolken ziehn, die Bäche fließen, nur aushalten! Bald hebt sich dein Blick und sieht eines Menschen Blick, der gütig schien, das Licht in den Ästen, der Vögel Gewimmel und, näher, Blätter sich aus Knospen zwängen, Käfer ihres Weges ziehn, an dem Moos und Kätzchen hängen, und dich! dich! Nur aushalten. Bald bricht unter deinen Tritten silberner Sturmwind aus dem Sand, und das Gestrüpp, worin du schreitest, strebt senkrecht zum Himmel, indes du die befreiten Arme breitest – dein Herzpanier steht flatternd überm Land. Nur aushalten! Bald hast du dennoch ausgelitten, und des Hasses und des Leids Gebärde, die dich, wie Hunde zerrend, niederzieht, fliegt, von neuer Kraft beschwingt, in Kreisen, in denen dein Tritt ausklingt, in denen dein Blut sich aussingt, besinnungslos!

DIE FRAU. »Besinnungslos« ... Wieviel Blumen des Todes doch im Leben stehn und von wie starkem Duft!

GATTE. Der Tod ist keine Gruft, er ist, die wir, wir hier, nie, nie begehn, die wunderbare Weite. Wenn ich vor dir die Arme breite, spür' ich den Wind aus jenem mächtigen Land auf meinen Augen ... Gib mir auch die andre Hand und sieh mich an so tief, wie man nur im Dunkel sieht: So klang auch damals mein Blut, das dich durchzieht, als noch dein Junge in dir schlief, und er soll wiederkommen in dir, wie er schon lebt und sich regt in mir. Du und ich mit unsern vermischten Händen und Haaren tragen in uns die Zukunft von tausend Jahren! Was wäre unsrer Liebe Sinn, schüf' nicht die Welt in unsern Brüsten! Glaubst du, daß wir so tief uns küßten, wär' Tod und Leben nicht darin? ...

DIE FRAU. Ich dachte immer: Du sahst ihn schon. Aber wann? und wo? Jetzt weiß ich, er glich dir so! Und glich auch mir. Ein Glanz von uns lief mir davon ... Ich hab ihn wieder: hier!

12.

Als der Vorhang gefallen war und der Kronleuchter aufflammte, herrschte Schweigen, in dem man sie atmen hörte.

Einige weinten, und Türen gingen.

Einige schrien.

Dann schienen die andern alle, im Parkett und in den Rängen, zu einem einzigen Wesen zusammenzufließen, das sich vorbeugte, um den Schrei schnell zu ersticken.

Der Atem drang wie ein Brodeln bis hinter die Bühne, wo Benkal stand, und berührte ihn. Seine Augen waren plötzlich wie beschlagen. Und die draußen saugten ihn an sich mit ihrem Schweigen. Er mußte auf die Bühne, bis dicht an den Vorhang, und als er hier erlöst haltmachen wollte, fühlte er schlotternd, daß sie ihn nicht losließen, sie zogen ihn weiter, stumm, mit schwerem Atem und raschelnden Kleidern, die sich hoben, hin zu sich ...

Er starrte durch die kleine Öffnung im Vorhang und reckte die Arme, als ob er den schweren Teppich heben und unter ihm weg-schreiten wollte.

Vielleicht sahen sie, wie der Vorhang sich bewegte. Sie erhoben sich zugleich im Parkett und in den Rängen, und nun traf ihn mit ihrem Geruch, der ihm die Sinne benahm, wie ein Schlag gegen den Leib ... der auf ihn losstürmende Tumult von weißen Gesichtern und Händen: unzählige blitzende Fangarme, von einem ungeheuren Tier gegen ihn geschwungen ...

»Mein Gott!« flüsterte er, und die gefalteten Hände krampfhaft auf sein Herz gedrückt, wich er vor dem Jubel und den Rufen der dreitausend Frauen langsam, vorsichtig, wie vor einer Gefahr zurück.

In den Kulissen wurde er angepackt und durch Gänge, über Treppen getragen.

»Die Königin will Sie sprechen.«

Vor einer Tür, die wie angelehnt war gegen den Lärm dahinter, stellten sie ihn auf die Füße. Ein Jüngling im festlichen Gewand, der Ton gerufen wurde, zupfte und strich seine Kleider zurecht, eine

Frau kämmte ihm mit hastigen Fingern das Haar. »Haltung, Meister, Haltung«, sagte der Jüngling mit ermunterndem Blick und zog die Türe auf. Da stand der kleine Mann mit dem viereckigen Kopf und den trüben Augen in einem brennendroten Zimmer voll stolzer, prächtig gekleideter Frauen, und das Zimmer mit seinen Spiegeln hing über einem grauen, glitzernden Meer, das immerfort seinen Namen schrie.

Unten brodelte es, und ein Dampf stieg aus den tausend sich drängenden Körpern; es lag wie ein Schleier vor den höheren Galerien, hinter dem man nur die hellen Flecke der Gesichter sah und eine große Unruhe spürte, die von den vielen bewegten Augen herrührte. An der Decke aber, im vollen Schein des Kronleuchters, lagen die Schwalbennester des höchsten Rangs, eins am andern. Dort riefen sie nicht und klatschten kaum. Zahllose Köpfchen streckten sich hinter der Brüstung hervor, und alle spähten, als sähen sie ein Märchen, nach der Loge der Königin …

Hier, um Benkal, war es hell und kalt. Sie schillerten und hatten leuchtende Augen. Ihre Blicke begegneten einander in den Spiegeln, und dann verzog sich ihr Mund zu einer kleinen Grimasse. Benkal sah, sie waren alle, schön oder doch reizvoll. Aber jede hielt sich, wie ein poliertes Marmorbild, in ihrem einsamen Licht, abgeschlossen, fast feindselig. Sie waren zu sehr gepflegt, hart aus Erfahrung oder Erziehung, zu bewußt, auch wenn sie gütig sein wollten. Selbst Ton, der Jüngling, der mit soviel Vollendung neben der Königin stand und von ihr und zu Benkal hin und hinüberblickte, hätte eher eine verkleidete Frau als ein Mann geschienen, wäre nicht die prickelnde Angriffslust gewesen, die ihm aus den beherrschten Augen und Händen sprühte.

Die Kaste! dachte Benkal … Die gute Rasse: blank, knapp, federnd und stark in den Fersen. Die Zucht großer Tierbändiger … Ihr Anblick gab ihm die Kraft wieder. Sein Blick glitt in den Saal hinunter: Und in ihrem Käfig hier, fuhr er fort, ragen sie wie auf einer gespenstischen Kreideklippe aus dem Meer …

Die Königin, eine üppige Frau, machte ganz junge Augen in ihrem reifen Gesicht, beugte sich zu Benkal und ließ ihre Stimme eine

Tonleiter hinauf eilen: »Es war wunderschön, wir sind alle tief gerührt, bis auf Ij, die sagt, Sie ständen im Dienst der Innern Mission ... für die Bevölkerungszunahme.«

Hier angelangt, lehnte sie sich zurück und wartete neugierig, was Benkal antworten werde. Sie war sanft und fett: ganz Gutmütigkeit und Liebreiz.

Als er schwieg und sie nur angestrengt ansah, wobei seine Augen grünlich zu schillern begannen, groß, stahlblau und böse wurden, da rief eine Stimme schnell: »Ij – das bin ich!«

Ja, das war Ij, die Tänzerin, wie er sie auf Bildern gesehen hatte, schlank aus den Hüften gewachsen, die dicke Garbe des brandroten Haares über der weißen Stirne getürmt. Wie Funken und Asche tanzten die Sommersprossen in dem rosigen Gesicht, während ihre Augen die seinen festhielten.

»Ja, das ist Ij«, sagte er, und sie lachten einander an. »Ich hätte sie gewiß erkannt, auf Wiedersehn, Ij.«

Ton, der ihm beflissen den Weg vertrat, schob er zur Seite und ging hinaus.

Später saßen Benkal der Ältere und Wan in einem Winkel des Ateliers und ließen sich vom Kleinen auf der Orgel vorspielen. Er spielte leise, um seine Gedanken nicht zu stören. Wan hatte die Wange an den Schnurrbart ihres Gatten gedrückt und hielt ganz still. Der Dicke summte hinter den Melodien her, die Benkal spielte, aufs Geratewohl, ohne sie zu kennen, aber glücklich, sich blindlings von ihnen führen zu lassen.

Als der Augenblick kam, wo Benkal mit dem Spiel zu Ende war und, die Hände auf den Knien, vor den Tasten weiterträumte, nahm der Bruder Wan sorgsam auf die Arme, schlich mit ihr davon und kam bald darauf mit einem gefüllten Weinkrug zurück.

»He, Kleiner!« rief er, »ich meine, wir sollten einen Krug Gelben trinken. Komm her!« Und er stieß mit dem Krug auf den Tisch. Da er bemerkte, daß Benkal sich nach Wan umsah, fuhr er lärmend fort: »Oh, die schläft schon. Wir können schreien, so laut wir wollen, die wacht nicht auf.«

Er füllte die Gläser.

»In acht Wochen geht's los. Wan hat gefragt, ob du dann wohl ein Stück aufsetzen würdest: *Das lebende Kind.*«

Er langte verlegen lachend nach dem Glas und stieß mit Benkal an. Sein Bauch hob sich, wie ein Hahn, der krähen will.

»Kleiner«, rief er, »es lebe die Liebe, es leben die Frauen! … Und jetzt plaudern wir.«

Sie plauderten, über die Nachbarn, über das Geschäft, die Politik, und Benkal fühlte sich unendlich wohl in der Sofaecke, als schütze ihn sein Bruder vor dem Ansturm peinigender Bilder. Bilder von Trauer, Angst und Trotz waren um ihn, aber er wandte immer das Gesicht von ihnen, fest dem Bruder zu, der Gewißheit seines Lebens, der einzigen, die ihn nie entmutigte …

Der kannte seine Pflicht. Obwohl er sich alle Augenblicke dabei ertappte, wie er einschlief, hielt er dennoch aus. Benkal trank nur ein Glas, auch deklamierte er seine Visionen nicht mehr. Da er kaum, zerstreut, mitsprach und bald ganz verstummte, wurde dem Bruder die Zeit recht lang und mühselig zu tragen. Aber: Was da! So sprach er halt für sich und leerte den Krug allein und blieb auf dem Posten, bis der Kleine so tief in der Träumerei versunken war, daß er seine Gesellschaft entbehren konnte. Dann fuhr er sich ebenso lautlos durch die Vorhänge und die Tür, wie er vorher Wan hinausgetragen hatte.

Und als er draußen war, schien es Benkal, als ob er die Orgel lauter tönen hörte. Er hatte auf ihr gespielt, nachdenklich, suchend … er sah durch die Pfeifen das rote Zimmer über der unbestimmten Menge, in dessen Spiegelbild die Menschen deutlich waren bis auf ein Fältchen in ihrer Haut und doch in Klarheit verschlossen; er hatte nach den Reden seines Bruders hingehört und war noch nicht losgekommen von dem Bild, und nun schien es ihm, als ob er es schon einmal, vielleicht schon oft, in Träumen, gesehn hätte. Denn gar nichts Fremdes war es gewesen, plötzlich zwischen diesen Spiegeln zu stehn und die Schultern dieser Frauen mit dem Blick zu messen, im Gegenteil, er hatte aufgeatmet, als er in der Loge stand, er war sicher geworden, er hatte gefühlt, wie das Blut in seinen Händen strömte, und Ij, oh, Ij war ihm gleich so vertraut gewesen wie noch keine Frau.

Ij, die Götter schicken dich mir im Dämmern dieses Tages! …

Er sah sie wieder im Licht der Loge, im weißen Kleid, das am Hals und an den Ärmeln mit Goldstreifen verbrämt war, die im Feuer gehämmerte Goldschnecke des Haars auf der schmalen Stirn. Ein wenig zurückgelehnt, den starken Körper in das fließende Gewand geschmiegt, stand sie da, als wollte sie den Fuß zu einem Tanzschritt heben.

Die Götter schicken dich mir im goldenen Tag, der über den Dächern der Königstadt emporsteigt.

Schon waren die Sandsteinquadern der Sonnenburg gerötet, sie ragte, eine glühende Zitadelle, über dem braunen Häusermeer der Stadt … Ein König der Mittelländer hatte den Bau begonnen, zur Erinnerung an Schlachten, nach denen alle lebendige Macht Europas in seinem Siegelring gesammelt war, vor mehr als dreihundert Jahren. Sie glich von weitem einer gewaltigen Burg mit ihrem roten Gemäuer, in Wirklichkeit schlossen die Steinwälle nur Gärten ein und behüteten die Werke des Friedens. Himmelnahe Teiche spiegelten die Werke edelster Kunst, auf grünem Rasen standen die Bildnisse der großen Männer des Gedankens. Die mittelländischen Adler, zurückgekehrt von ihrem siegreichen Flug durch die Alte Welt, wachten mit geschlossenen Flügeln auf der Spitze der Tore … Die Gärten stiegen terrassenförmig empor, dann führten, von vier Seiten zugleich, weiße Treppen bis zur abgeflachten Spitze, die aus reinen Marmorblöcken gefügt war. Glatt und blendend lag sie unterm Himmel. Was die alten Kulturen Europas an Werken hervorgebracht hatten, war in schönsten Beispielen dort zusammengetragen. Die besten Meister in drei Jahrhunderten hatten daran gebaut. In den Gärten und Wäldern zerstreut lagen Museen, Bibliotheken und Spielplätze … Das ist unser Vermächtnis an die Welt, sagten die Mittelländer. Das ist unser Gipfel, dessen Abhänge wir mit den schönsten Werken unsres Geistes bevölkert haben …

Benkal trat auf den Balkon in die Morgenluft. Der Gipfel der Burg glühte wie ewiger Schnee.

Die Götter schicken dich mir aus dem brennenden Himmel, Ij. Du sollst auf jenem Gipfel stehn, leicht zurückgelehnt vor dem Wind, der deinen so schweren, deinen so leichten Körper hebt, als begännst du deinen Tanz auf dem blendenden Marmorspiegel des europäischen Himmels. Um deinen Ernst zu erhöhen, sollst du eine Fackel tragen, und man wird dich die mittelländische Mänade heißen.

So – Ij! So!

Er entkleidete sich und öffnete alle Fenster, er setzte sich an die Orgel und spielte, während die Sonne über die Königstadt aufging, lange, jubelnde Hymnen an Ij.

Ij, sang er. Ij, Ij.

13.

Offiziere und Edelgarden versuchten, die Wortführer der Rebellen vom Zelt des Königs fernzuhalten.

Aber König Olep, der den Lärm gehört hatte, kam heraus und sah blitzende Degen und geschwungene Gewehrkolben. Er trat ins Zelt zurück, stürzte aber gleich wieder hervor und war in drei Sprüngen bei den Streitenden. In beiden Händen hielt er Waffen. Barhäuptig, mit blassen Lippen und heißen Augen, schrie er: »Wer …? Wer …«

Er drängte sich in den Haufen, stieß die Offiziere, die ihn zurückhalten wollten, zur Seite und stand vor den Rebellen.

»Was wollt ihr?«

Da sie ihn sprachlos anstarrten, trat er ungeduldig mit dem Fuß auf und hob die Arme.

Sie ließen die Gewehre fallen und schickten sich an fortzugehn.

König Olep tat einen Schritt und sagte den vordersten ins Gesicht: »Ich habe gefragt, was ihr wollt.«

Da gaben sie sich einen Ruck, als wäre ihre Geduld erschöpft, nahmen die gebotene Haltung ein, und drei, vier antworteten zur gleichen Zeit: »Frauen wollen wir, ebenso wie die Offiziere. Uns geben sie Fusel, aber die Frauen sperren sie ein und trinken den teuersten Wein mit ihnen, jawohl.«

König Olep wandte sich zu den Offizieren.

»Ist das wahr?« fragte er.

Als sie mit der Antwort zögerten, sagte er rasch, indem er die Waffen wegwarf und die Soldaten mit einem langen Blick ansah: »Es ist gut, ihr könnt gehn.«

»Besser so«, hörte er aus der Mitte der Gruppe rufen, »sonst rutscht's aus, wie kürzlich bei den Zweiundzwanzigern.«

König Olep wartete, bis sie sich entfernt hatten. Dann ging er, von den Offizieren begleitet, in sein Zelt zurück. Ohne einen von ihnen anzusehn, ohne die Stimme zu erheben, fragte er: »Was war bei den Zweiundzwanzigern?«

Leise begannen sie: »Man hatte Frauen in den Zelten gefunden ... Die Offiziere nahmen sie weg ... und behielten sie ... In der Nacht wurde Alarm geschlagen, und als man zusah, waren neun Offiziere und zwei Frauen tot.«

Der König blieb im Eingang des Zeltes stehn.

»Und dann?«

»Jetzt läßt man sie, in allen Regimentern.«

Er trat ins Zelt und ließ sich auf einen Stuhl nieder. Geduckt, mit heißen, argwöhnischen Augen kauerte er in der Ecke, die Lippen schmatzten, als ob sie den Haß auskosteten, den das starke Gebiß kaute. Die Offiziere wurden blaß vor dem Blick dieses jungen Raubtiers.

König Olep ordnete für den nächsten Tag den Generalsturm an. Das Zweiundzwanzigste Regiment gab das Signal, indem es vor Schnellfeuergeschützen, die plötzlich in seinem Rücken aufgefahren waren, mit klingendem Spiel ins Feuer rückte.

Trule und Hahnas Mann marschierten nebeneinander, oder vielmehr, sie wankten, denn sie hatten vor dem Aufbruch noch schnell ihr ganzes Geld vertrunken. Als der Lärm schon derart war, daß die Nebenmänner einander nicht mehr verstanden, ließ Hahnas Mann sich zu Boden fallen und zog Trule mit sich. Er wartete, bis die andern vorbei waren, dann legte er den Mund an Trules Ohr und sprach: »Trule – hast du sie gehabt?«

Zugleich packte er Trule bei den Haaren, drehte plötzlich dessen Kopf zu sich und zwang ihn so, ihm in die Augen zu sehn. Dort las er schneller, als Trule sprechen konnte. Bevor dieser noch die Lippen bewegt hatte, hob er sich auf die Knie und sagte: »Vorwärts, Trule! Weiter!«

Trule erhob sich schnell und stürmte los.

Hahnas Mann schoß ihn, drei Schritte vor sich, nieder.

Darauf warf er das Gewehr fort, trank, etwas mühevoll, seine Feldflasche leer und torkelte mit gesenkten Augen langsam in die Kugeln, die in immer dichterem Chor an seinen Ohren sangen …

König Olep, der sich in ein Handgemenge von Reitern geworfen hatte, wurde verwundet vom Schlachtfeld getragen. Er ließ die Schlacht nicht abbrechen. Der Sturm wurde zwei Tage und zwei Nächte fortgesetzt. Im Morgengrauen des dritten Tages meldeten die Offiziere dem König, der während der ganzen Zeit kaum geruht hatte, daß die Soldaten zu erschöpft seien, um weiterzukämpfen.

In derselben Nacht erhielt die Königin den Befehl, sofort ins Lager zu eilen.

Im Arm des alten Schloßkommandanten, mit dem sie die letzte Runde des Festes tanzte, öffnete sie mit einer Hand die Depesche, überflog den Inhalt und rief, ohne stillzustehn, laut nach Ton, dem sie das Papier hinhielt. Ton las, vergewisserte sich, daß die Königin ihm mit den Augen folgte, und verließ den Saal durch die Gartentür.

Nach beendeter Runde machte die Königin dem Kommandanten ein Kompliment und zog sich zurück, während der alte Herr entzückt an die neue Aufgabe herantrat, die Gäste mit dem ›großen Kehraus der Königin‹, einer von ihm erfundenen Art Kotillon, die Treppe hinauf in die kleinen Salons zu führen. Sobald das letzte Paar die Schwelle des Ballsaales überschritten hatte, erloschen hier alle Lichter. Gleichzeitig hörte die Musik auf, deren Melodie jedoch sofort von einer in den oberen Räumen aufgestellten Kapelle aufgenommen wurde.

Von ihrem Platz auf dem Balkon sahen Benkal und Ij, wie eine der großen Gartentüren des verlassenen Saales leise geöffnet wurde und eine Gestalt eintrat. Diese Gestalt stand eine Weile schmal und ganz schwarz im Licht der Bogenlampen, die der Wind auf der Terrasse bewegte. Es mußte ein Jüngling sein, und als der Schatten jetzt ausschritt, erkannte Ij Ton. Aber bevor er den schwankenden Schein, den die Lampen auf den Boden zeichneten, ganz verlassen hatte, warf sich ihm eine weiße Frau in die Arme, er drückte sie an sich, und so standen sie unbeweglich, im Dunkel ertrinkend und jäh auftauchend, wenn das schaukelnde Licht sie berührte. Dann zog die Frau den Jüngling mit sich fort. Sie hörten das Knacken einer Tür, und als ob die beiden vom Echo dieses Lautes im großen Saal erschrocken wären, war es erst still, bevor Ij, zusammenfahrend, die Stimme der Königin heraufsingen hörte: »Ij, ich fühle, daß du da bist. Ich muß morgen ins Lager, und ich werde dich wohl nicht mehr sehen. Ton geht mit mir, er sagt dir auch Lebewohl ...«

Für die Königin standen drei große Züge bereit. Der mittlere war für sie, ihre Begleiter und einen Teil der Soldaten bestimmt, die zu ihrem Schutz hergesandt worden waren. Andere sollten dem Zug der Königin voranfahren, die übrigen folgen.

Die Soldaten waren trotz des Verbots in die Stadt gegangen und mußten kurz vor der Abfahrt mühsam zusammengesucht werden. Scharen von erregten Frauen begleiteten sie zum Bahnhof, Straßenmädchen und Frauen aus den Vorstädten, die vielleicht nur gekommen waren, um nach ihren Männern zu fragen oder auch um sich wieder einmal satt zu essen. Denn man wußte ja, daß alles Geld zu den Soldaten ging.

Als die Wagen der Königin vorfuhren, begannen sie zu johlen und die Arme zu werfen. »Nimm mich mit«, schrien sie. »Schick uns unsre Männer! Sag ihnen, wenn sie nicht bald kommen, gehn wir auf die Straße!«

»Auf die Straße!« kreischten sie, »auf die Straße.«

Sie berauschten sich an dieser Bezeichnung für die letzte Erniedrigung der Frau. Während sie einander mit ihren Schreien zu überbieten suchten, sich mit ihren Schreien gegen die wehrten, die sie mit Gewalt zu verjagen suchten, wuchs der Ruf »Auf die Straße!« allmählich zu einer Drohung an, die sie zu den blanken Wagen hinüberspien … Sie schwangen ihn wie eine rächende Fahne, als sie nach der Abfahrt der Züge kehrtmachten und, ein lärmender Haufe, durch die Straßen zogen. Wo sie eine Frau an einem Fenster sahn, blieben sie stehn und sangen: »Auf die Straße! Auf die Straße!« Andere, denen sie begegneten, umringten sie lachend und kosend, betasteten sie, zerrissen ihre Kleider, versuchten, sie mit sich zu schleppen. Den Männern riefen sie mit eindringlichen Gebärden zu, daß sie nur zu wählen brauchten.

Von diesen ersten ›Unschuldigen‹ blieb nur ein blutiger Haufen Kleider übrig. Die Polizei ritt sie nieder. Sie erhoben sich immer wieder und kämpften so lange, bis sie sich nicht mehr aufrichten konnten.

Aber dann tauchten sie an allen Enden der großen Stadt auf, den Märtyrern folgten die Apostel, sie fanden ihre schwärmerischen Verteidiger und sogar Heilige unter den schönsten und reichsten Frauen der Kaste, die sich mit ihren ganzen Vermögen auf die Straße warfen. Sie pflegten die Kranken und begruben die Toten.

Klöster öffneten sich den Landstraßen, man lehrte, daß überall, wo ein ewiges Licht brannte, keine Tür und kein Herz geschlossen sein durfte, es wurden Gemeinschaften von Männern, dienenden Brüdern, gegründet, um die nötigen Arbeiten zu verrichten, und es gab Auserwählte, die Wunder taten, so stark war ihr Glaube.

14.

Wan saß am Fenster und unterhielt sich über seiner Wiege, mit Totti, der ihr stürmische Bekenntnisse machte. Die Fingersprache, mit der er sich, in Windeln gefesselt und den Mund vom Schnuller eingenommen, behelfen mußte, überstürzte sich derart, daß Wan kaum folgen konnte … Allerdings trug sie zur Verwirrung bei, indem sie sich oft stellte, als verstände sie nicht. Wenn sie zum Beispiel Kopfschmerzen hatte, trieb sie die Heuchelei so weit, daß sie dem Kleinen sein mangelhaftes Ausdrucksvermögen vorwarf und dabei alle Zeichen der Verzweiflung zur Schau trug, bis das Kleine ernstlich böse wurde, den Schnuller fallen ließ und brüllend mit allen zehn Fingern auf seine schlechte Mutter zeigte. Es half nichts, daß sie sich mit Tränen in den Augen aufs Bitten verlegte, die kleine Stirn in schmerzhafte Falten zog und erklärend mit dem Zeigefinger darauf herumrieb. Diesmal war es am Kleinen zu tun, als ob er nicht begriffe, und Wan mußte ihre Haare lösen und sie dem Wüterich in die rastlosen Finger geben.

Sofort lenkte Totti ins freundschaftliche Gebiet ein, er zog aus Leibeskräften und gluckste vor Begeisterung, wenn Wan dann richtig ›Au!‹ machte.

Sie hob Totti auf und zeigte ihm Frauen, die drunten auf der Straße vorüberzogen.

»Siehst du«, erklärte sie, »da sind Mamas, die sind böse, weil ihnen ihre Kleinen in weißen Särgen davongeschwommen sind, und die da, die ihre Tottis auf dem Arm tragen, die haben nichts, um ihnen zu essen zu geben. Siehst du jetzt, wie gut du's hast? So, jetzt schlaf, damit du wächst. Bis du groß bist, sind die Mamas wieder alle brav, und du kriegst eine gute Frau.«

In ihren langen Haaren schien sie ein Mädchen, das vom Storch ein ganz kleines Kind zum Spielen bekommen hat.

Benkal der Ältere hatte, nicht gerade unzufrieden über die schlechten Zeiten, die ihm die nötige Muße verschafften, sein Geschäft geschlossen. Er war Vater.

15.

Was soll Kru tun?

In der Stadt herrscht dumpfrote Hitze. Tagsüber sind die Läden der Häuser geschlossen, und man sieht niemand auf der Straße. Die Nächte sind voll von Lärm und Tanz und Musik. Sie tanzen halbnackt an den Straßenecken, ganz junge, deren Haare wie Fahnen fliegen, wenn sie sich drehn, und alte, die sich zwischen zwei Sprüngen nach ihren falschen Zöpfen bücken, die zu Boden gefallen sind.

Wenn Kru sich über das Geländer beugt, sieht sie lange bunte Schlangen auf dem Grund der Straßen. Sie verknäueln sich mit andern, die ihnen begegnen, sie werden länger und dicker und kriechen weiter. Es sind die Prozessionen der heiligen Frauen, die, Musik an der Spitze, Papierfackeln schwingend, durch die Stadt ziehn und sich anbieten, Männern und Frauen. Wenn eine von ihnen in ein Haus geht, aus dem man ihr gewinkt hat, steckt sie die Fackel an die Tür und legt ihre Kleider daneben ... Es kommt auch vor, daß sie sich auf der Straße hingeben. Dann schließen die andern einen Kreis um das Paar, die nächsten neigen ihre Fackeln wie Zweige darüber, und die übrigen drehn sich schreiend im Tanz.

Sie nennen das den Blütenhag. Aber nur die ›reifen Schwestern‹ dürfen sich so hingeben.

Kru schläft im kleinen Dachgarten. Sie hat Matratze und Decken hinaufgeschafft und liegt unter den Sternen. Sie unterhält sich mit ihrem Mann, der vor den Bergen im Osten liegt, und aus der Verabredung, allabendlich die Augen zur Venus zu erheben und an den andern zu denken, ist mehr als ein Stelldichein geworden, mehr als eine innige Begegnung der Gedanken ... ein Leben.

Wenn die Venus heraufsteigt, ist Kru schon da.

Zuerst saugte sich ihr Blick an dem Stern fest, es war, als ob sie sich in einer ungeheuern Umarmung zu ihm emporhebe. Diese Flitterwochen sind vorüber. Die Liebe ist ruhiger geworden. Wenn der Abendstern kommt, ist Kru da. Sie schläft erst ein, wenn der Himmel erblaßt und der kalte Frühwind über die Dächer streicht. Dazwischen gehören ihr alle Stunden, alle Gedanken, alle Sterne. Sie ist tief ruhig, wie in der Zeit, als sie ihr Kind trug.

Nacht um Nacht überlegt sie, was sie tun soll, um zu ihrem Mann zu kommen. Sie kann nicht in dieser Stadt des Jammers und der Tollheit bleiben. Sie kann nirgendwo hin, wo nicht seine Augen sie ansehn oder wo sie ihn nicht im Schlafe atmen hört, so ist es, und in jeder andern Stadt wäre es noch schlimmer. Denn diese Stadt schreit wenigstens, sie schreit so wild, daß sie, Kru, darüber still und vernünftig geworden ist ...

Benkal hat versucht, ihren Mann zurückrufen zu lassen, die Königin wollte helfen. Die arme Königin … Eines Tages ist sie nach Osten gebracht worden, wo sie alle verrückt sein sollen vor Eifersucht, und es heißt, daß der König sie erwürgt habe.

Als Benkal sagte, daß er nun nichts mehr für sie tun könne, nickte sie.

»Da muß ich halt allein fertig werden«, murmelte sie. Sie nickte, sooft er kam, und versuchte, sie unter allerhand Vorwänden zu zerstreuen. Dieses Nicken war, als ob sie einen erwarteten Widerstand erkannte, ihr entschlossenes Gesicht zeigte an, daß nichts sie hindern werde, ihn aus dem Wege zu räumen. Kru war nicht umsonst eine großgewachsene Frau! Und wirklich, von welcher Kraft war schon der plötzliche, volle Blick aus den sonst so dunkel sanften Augen …

Als sie bemerkte, daß Benkal sich von ihren Kirchhofsgängen irgendeine Beruhigung versprach, weshalb er sie oft dazu abholte, stellte sie auch die Besuche am Grabe des Jungen ein und blieb fortan fast immer allein. So war es ihr recht. Denn Ij beunruhigte sie. Sie war ihr zu glänzend. Kru hielt sie für den Teufel der Treulosigkeit, sie fühlte selbst und sie sah an Benkal die Macht ihrer Versuchungen.

So hat Kru im verdunkelten Zimmer, unter dem Sternenhimmel reichlich Zeit zum Nachdenken. Sie fühlt den Entschluß in sich wachsen. Sie wartet. Es dauert nicht mehr lange, dann weiß sie, was sie tun soll …

16.

Als Benkal sie traf, war Ij eine große Tänzerin, ein weißes Tier mit einer Feuermähne, voll kalter Wildheit und zugleich zitternd vor einem heftigen Trieb für alles, was sie schöner machte. Ihre graublauen Augen, in denen plötzlich rote Funken regnen konnten, hielten immer stand, ihre spitzen Brüste rührten sich nicht. Sie hatte knappe starke Bewegungen, die gewohnt waren zu beherrschen, ohne dabei jemals in den Fehler halber Naturen zu verfallen, die es sich bequem machen und den Widerstand hastig umgehn, statt die volle, schöne Kraft auf seine Überwindung zu verwenden. Selbst wenn sie sich unterwarf, bewahrte ihre gleitende Hingabe die runde, satte Gesundheit einer großen Schlange, die tief umklammert oder sich ganz hängen läßt. Wie ihre Bewegungen, so war auch ihre Sprache, die rasch, aber in alle Lichter ihrer Laune getaucht, Zugriff, sie hatte eine tiefe Stimme, die hellen Schaum warf, wenn sie lachte.

Ij lebte in Benkals Atelier. Sie trug bunte Schlafröcke, wie sie sie liebte, große Tuchstücke in reinen heftigen Farben, die sie in zwei Truhen aufstapelte. Zumal das Rot war in allen Arten vertreten, vom tiefsten Karmin und dem moirierten Purpur bis zum Rot der Aprikosenblüte. Hier, dicht vor dem Rosa, hatte Ij haltgemacht, und schon das Aprikosenrot hatte vor ihren nach Heftigkeit dürstenden Augen nur Gnade gefunden, weil es mit schweren, lehmgelben Punkten versetzt war. Die Truhen waren voll, aber Ij hörte nicht auf zu sammeln. Sie ging von einem Schlafrock in den andern, damit verbrachte sie so recht ihre Tage.

Wenn Benkal nicht arbeitete, spielte sie wohl auch auf der Orgel, welche Kunst sie ebenso schnell erfaßt hatte wie früher, als Kind, das Klavierspiel, zu dessen gewissenhafter Erlernung sie jedoch zu ungeduldig gewesen war. Sie übertrug ihre ungeordneten Kenntnisse auf die Orgel.

Allerdings erkannte sie bald, daß ihre Lieblingsstücke, blendende, eilige Tänze, dem feierlichen Ernst des Instruments in keiner Weise gewachsen waren. Sie sah sich erdrückt und mußte, Takt um Takt, nachgeben; schließlich wich sie, um sich trotzdem zu behaupten, so weit zurück, daß Benkal sie im letzten Augenblick und mit Mühe vor der Schande bewahrte, als ein paar armselige, halbzerquetschte Entenfüße in den gewaltigen Leib eines Psalmes hineinzuwachsen.

Statt dessen sannen sie eine neue Art von Tänzen aus, Tänze, die sich eben auf der Orgel spielen ließen. Der Erfolg ihrer Bemühungen erschien ihnen selbst erstaunlich. Sie fanden Rhythmen von einer burlesken, riesenhaften Lustigkeit. Es gab Familienbälle, wo sich alle großen Tiere der Schöpfung begegneten. Die Schleifen eines Elefantenwalzers gingen ins Großartige, und die Strauße trippelten eine phantastische Polka, aus der sie plötzlich mit Windeseile ausbrachen, um nach kurzem Lauf die Flügel zu breiten und majestätisch gen Himmel zu schweben.

Hier ließen sich dann die ›englischen Stimmen‹ des Registers vorzüglich anbringen.

Noch nie hatte Ij sich so frei und froh gefühlt. Zu Hause in ihrer Wohnung saßen die Dienstboten und warteten auf den Augenblick, wo Ij hereinstürzte, schnell einige Gegenstände verlangte, deren Nützlichkeit sie in ihrem neuen Wirkungskreis entdeckt hatte, und, ohne irgendeine Aufklärung zu geben, ohne einen Bescheid zu hinterlassen, ebenso unvermittelt davoneilte, wie sie gekommen war. Der Hausmeister stand hinter ihr in der offenen Tür und hatte den Mund noch nicht geschlossen, da war Ij schon verschwunden.

Jede Mitternacht tanzte Ij in der Grenzfestung. Benkal fuhr im Automobil mit ihr hin, sie brauchten nie mehr als zweieinhalb Stunden, um die zweihundert Kilometer zurückzulegen. Es waren rasende Fahrten durch mondhelle Nächte, wo die Dörfer, ein Räuberhaufen, sich ihnen entgegenwarfen; nach einem Zusammenprall, der das Herz mit kalten Schauern überrann, stoben die Häuser auseinander …

Der Wagen stieg weiße Landstraßen empor, immer schneller, immer höher, bis sie selbst stillzustehn und die Straße unter ihnen mit Musik in den Himmel zu laufen schien.

Die sparsamen Bewegungen des Chauffeurs waren das einzige menschliche Leben in der Welt, und auch das berührte sie traumhaft! Ij drückte sich an Benkal … Du hast mich! … Du trägst mich fort! … Sie hielt ihn mit beiden Armen umschlungen, den Kopf unbeweglich zu ihm gehoben. Oh, wie bin ich glücklich, dachte sie, fort … fort … fort … Wie sind wir allein, untrennbar allein! Fort, fort … Wie sind wir aneinander gepackt, ins Leere geschleudert – gehoben! Oh, manchmal schwindelt mir, wenn wir so lange steil in die Höhe fahren, ich habe Angst vor dem Tod; aber dann … dann fürchte ich ihn nicht … Ich werfe mich, so eng ich schon an dir bin, Benkal, werfe ich mich noch zu dir, ich springe in dich. Gib deinen Mund, den eisigen! Und Benkal griff sie wie eine Beute, hob sie zu sich, hielt sie da …

Von drohenden Schatten umringt, die sich an den Wagen hingen, fielen sie in die Abgründe dunkler Wälder, die um das gespenstische Loch, das der Scheinwerfer grub, ins Maßlose wuchsen. Die Bäume, an deren erleuchteten Rändern sie entlangsausten, waren unnatürlich grün wie aus Glas, und sie hörten auch, wie sie klirrend hinter ihnen zersprangen.

Sie flogen geduckt, mit allen Fibern ineinander verwachsen, auf und ab, schrankenlos mitbebend in der großen Gewalt …

»Ij!«

Benkal riß sie auf den Boden des Wagens, er mußte sie umarmen, ihre Wärme fühlen, sie küßten einander, zu einem Knäuel verstrickt, mit kurzen zehrenden Bissen …

Die sausende Leere über dem Kopf weitete sich, während die Scheinwerfer ihr magisches Loch wieder gleichmütig vor sich her trugen über Sand und Gras und Steine, und auf einmal waren wieder die Sterne da, hoch, hoch oben.

In Regennächten kämpfte der Wagen wie ein Dampfer im Sturm. Der Wogengang schleuderte ihn vorwärts, hob ihn senkrecht in die Höhe und ließ ihn krachend niederfallen. Der Wagen schlingerte und stampfte, er zitterte zerreißend, wie ein Schiff, dessen Schraube aus dem Wasser gehoben wird. Die Gesichter wurden zu ehernen Masken, die sich trotzig jeder Gefahr darboten, sicher, den Widerstand zu zerfetzen, in jähem Anlauf ihn zu überspringen, ihn mit weitgespannten Stahlmuskeln glattzubügeln oder selbst zu zerschmettern …

Sie kamen an, Ij taumelte auf die Bühne, Benkal in den Saal.

Im Hintergrund stehend, barhäuptig, mit geöffneten Kleidern, atmete er die überhitzte Luft … es galt, ein Schwindelgefühl zu überwinden, aber dann war es köstlich, in dieser Menge zu schmelzen, zuerst an der Stirn, an den Händen und Füßen, bis allmählich die ganze Gestalt wie in einen feinen Schweiß gehüllt war, und dabei das Gefühl zu haben, als flögen die Haare im Wind! Bunte Bilder rührten, fast zärtlich, an das von Vergewaltigungen vergrößerte Auge, die unmenschliche Größe ihrer Vision zersetzte sich prickelnd in der Unruhe all dieser nahen Gesichter. Aber die Freiheit blieb, die herrliche Freiheit des Fliegers, der für eine kurze Weile in der behaglichen Atmosphäre der gern gefesselten Kreatur ausruht.

Nach dem Tanz gingen sie in ein Hotel essen, oft in Gesellschaft, und Ij, die Beglückerin, in der Mitte, Ij, die dann sprühte, als habe sie die künstlichen Feuer der Bühne mitgebracht, und doch hing die ganze Wildheit der Fahrt noch wie Schatten um ihre Augen, flatterte in ihrem Gesicht. Wenn sie lächelte, verzog sich ihr Mund zu einer kleinen Grimasse, die Benkal ins Fleisch schnitt.

Sie schliefen eine halbe Stunde und fuhren zurück.

»Ich muß zu meinem Mann«, sagte Kru, »willst du mich begleiten?« Benkal sah sie an und schüttelte den Kopf. Du wunderbare Gefährtin, dachte er, du Heldin.

Kru schwieg. Ihr Wink ging über ihn hinweg zur blendenden *Mänade*, die sich mit schmalen Hüften aus dem Marmorblock befreite. »Kannst du mir helfen, daß ich bis hin komme? Nur helfen, Benkal.«

Sie sprach über ihn hinweg. Ihre Stimme zitterte ein wenig, die weitgeöffneten Augen wurden feucht.

Benkal schüttelte den Kopf. Leb wohl, Kru, dachte er, indem er sie unverwandt ansah. Auch du kommst nicht zurück … Und du bist eine so tapfere Frau … Leb wohl, Kru.

Da trat Ij herein, und nun sah Benkal Ij an, und Kru verließ ihn, fast, ohne daß er es bemerkte.

17.

Der sie den Tag über mit bangem Herzen entgegenspielten, halb wie Verlobte, halb wie Rekonvaleszenten, sie kam wieder, die Nacht, mit den Lichtern der Königstadt, dem Raunen der Straßen und der Menge. Benkal fühlte ihr Blut, das Blut dieses grell getigerten finsteren Wesens, das die Straßen mit dem Atem seiner ächzenden Lunge füllte, in den Häusern lagerte, stumpf oder so im tiefsten belebt, daß ein Abglanz seiner Seele durch die Poren der Häuser drang und selbst scheinbar leblosen Dingen einen ekstatischen Glanz verlieh … Fühlte das Blut des Riesen, das die großen Städte geschaffen haben, dieses organischen Wesens, der Masse, ihn durchschwemmen, dickflüssig, mit betäubendem Schlag, und wieder ganz leicht und wie fein gekräuselt. Denn so war die Art der ungestümen Seele, die im Goliath träumte, daß sie sich wie ein Unwetter zusammenzog und dann entweder plötzlich ausbrach oder aber, die Riesenlaune, mit kindlichen Gesten zerflatterte …

In diesem schweren Leib mit den ungewissen Umrissen war Benkal ein sonores Blutkörperchen. Er hielt Zwiesprache mit seinen wimmelnden Nachbarn. Aus entfernten Gegenden des Körpers hörte er sie anrücken, in Schwärmen. Sie wurden aufgehalten und verstummten, noch weit fort. Andre kämpften sich durch, vereinigten sich mit Nebenflüssen und strömten rückweise herbei, daß alle Winkel und Tiefen mitklangen. Sie führten zwischen Kerlchen mit optimistischen Gesichtern, die sich mit kräftigen Beinen durchwateten, allerhand Leichen mit, abgestorbenes oder gewaltsam fortgeschwemmtes Zeug, das gravitätisch auf den Wogen tanzte und alles mit sich geschehn lassen mußte, obwohl sie bei dem vorausgegangenen und zu ihrem Nachteil entschiedenen Disput zweifellos recht gehabt hatten. Aber jetzt erst fanden sie Beifall, wo sie putzig hin und her schlenkerten und auf dem Rücken mitmarschierten. Denn dieser Goliath konnte, so groß er war, ein einziges behäbiges Lachen sein! Weit hinten, wo man schon gar nichts mehr von ihm sah, hörte man ihn noch immer lachen … Manchmal schlief ihm dies oder jenes Glied ein, er selbst ruhte nie. Irgendwo war immer etwas los. Wenn er recht gefiebert, wenn ein tüchtiger Umsatz an frischer Kraft stattgefunden hatte, da konnte man an der plötzlichen Regelmäßigkeit seines Pulses merken, daß etwas geschehen war. Der königliche Schlag kündete den neuen Herrn an, den er geboren hatte. Und sofort machte er sich daran, ihn zu verdauen.

Wie ein Schiff widerwillig und doch so ungeduldig aus dem farbig bewegten, häuslichen Hafen schaukelt und plötzlich mit geraffter Kraft in die dunkle See taucht, so ließ der Wagen mit Benkal und Ij die Menge hinter sich zurück und stürzte in die Nacht.

Und hier war sie ungebrochen, im Urzustand, die Kraft, deren leise Wellenschläge Benkal in den Straßen der Stadt gespürt hatte. Sie wälzte sich mit ihm in hundert Formen und schleppte wie einen peitschenden Schweif die Wurzeln hinter sich her, mit denen der Luftzug eines elementaren Willens sie aus der Erde gerissen hatte. Das Ungeheuer des Schreckens streifte ihn, drohte ihn zu überrennen, aber Ij, die Beute, im Griff, wurde er gehoben, er ließ sein Herz, seine Nerven fahren, aber er behielt sich, er dachte und stürmte auf dem Rücken des Schreckens dahin. Die Panik der Natur warf ihm Menschen her, deren Augen ihm bis ins Blut sahen. Sie gingen durch ihn hindurch, mit einem Schrei, geschleudert, glatt und kalt und abstürzend. Sie wuchsen vor ihm empor. Sie machten ihn böse, selbst gegen Ij ...

Eiskalt vor Energie, grausam in seinem Mitgefühl, schuf Benkal wie in einem Anfall von Tollheit die *Empörten*, ein Marmordickicht von kaltem Licht zwischen schmalen Frauengestalten, die sich mörderisch bäumten. Er gab das Werk den ›Unschuldigen‹, die es im Park einer Vorstadt unter großen Buchen aufstellten.

Und schon hatte er es, tief beruhigt, vergessen.

In den nächtlichen Fahrten hielt er Ij.

Sie tanzte, eine Menschenfackel, rot, rot, aus der Nacht und Menge hervor, und er nahm sie und trug sie, dunkel, durch die Nacht zurück ...

18.

Sei still, du, Kru ist bei dir. Haben wir nicht unser eigenes Zelt? Frag nicht, wir sind allein, was kümmert dich der Preis – du hast mich! Frag nicht. Du quälst dich nur. Ich kenne nur einen Mann, dich. Weiß Gott, ich lüge nicht. Nein! Nein! Doch, du kannst alles fragen. Ja – Aber warum? Laß! Hier, das bin ich, Kru. Und das bist du. Ich kenne nichts andres auf der Welt. Sei still! Doch, ich will alles sagen ...

Sie ließen mich ja nicht weiter. Überall hielten sie mich an. Ich mußte mich zu ihnen setzen. Sei still! Ich war müde und verzweifelt, einmal, und ich weiß nicht, wie es kam. »Du hast so schönes schwarzes Haar«, sagte einer, und er löste es auf. Ich war müde. Von Zeit zu Zeit preßte er mir das Glas an den Mund, und ich trank … Ja … er hat mich auch geküßt. Doch ich habe mich gewehrt, aber wohl nur schwach. Ich war müde und wußte nur eines, ich wollte zu dir. Und so ging es weiter. Sei still! O bitte, sei still … ja! Erwürge mich: Ja, er hat mich gehabt, und andre wohl auch, hernach, da du es wissen mußt. Jetzt töte mich, damit es zu Ende ist. Ihr seid alle gleich. Die Welt ist ein böses Paar Männeraugen, schamlose Tieraugen, die mich wie Vitriol zerfressen. Sie gehn durch die Kleider, durch Wände, ich sehe sie im Dunkeln. Ach ihr! Aber ihr könnt mich verbrennen, in Asche verwandeln, ich kann zerfallen, meine Seele wehrt sich, sie, sie bleibt, was sie ist. Sie ist stärker als ihr! Hör: Ich bin zu dir hergetaumelt, ich weiß nicht – wie einer im Finstern läuft und fällt und sich weh tut und trotzdem wieder aufsteht und erst weitertappt und dann wieder rennt. Ich wußte nur, daß ich näher kam, daß ich bald bei dir war. Denn ich wollte zu dir, um jeden Preis, und wenn ich auch dann gleich tot vor dir hinschlüge …

Ich entschuldige mich nicht! Sag nicht, daß ich mich entschuldige! Hörst du? Ich bin nicht feige. Erwürge mich nur, ich – bin – nicht – feige.

O ja, sei gut. Durch die Hölle bin ich gewandert, ich bin verbrannt, deine Beschimpfungen klingen mir wie Musik. Ich weiß nicht, ob ich noch einen Körper habe, ich fühle ihn nicht. Fetzen von ihm bezeichnen den Weg, den ich gegangen bin. Aber ich bin da, ich, Kru, dein Herz. Deine Seele. Jetzt erst beginnt das Leben oder der Tod. Weißt du, sie sind mir gleich wert. Ich sehe kaum einen Unterschied – wenn ich nur bei dir bin … Sei gut! Sei gut! – –

Sie kämpfen in einer Umarmung zu Ende …

In der Früh verlassen Kru und ihr Mann das Lager. Sie gehn geradenwegs auf die Berge zu. Die Vorposten rufen sie an, und da sie nicht stehenbleiben, wird nach ihnen geschossen. Erst als Kru an der Hand verwundet ist, werfen sie sich zu Boden und kriechen weiter.

»Soll ich dir nicht das Taschentuch um die Hand binden?« fragt der Mann.

»Nein«, sagt Kru, »es lohnt sich nicht.«

Nun können sie auf einer Anhöhe die Wachtposten der Kremmen erkennen. Sie erheben sich, und als sie wieder schießen hören, beginnen sie zu laufen. Krus Mann schwingt die Mütze. »Sie haben uns gesehn«, jubelt er, »sie kommen auf uns zu.« Er faßt Kru am Arm und stürmt vorwärts. »Sie winken«, ruft er außer Atem, und, als schriee er einen Sieg aus: »Deserteure! Deserteure!«

Die Anhöhe vor ihnen wimmelt von kleinen Gestalten. Einige eilen den Abhang hinunter, verteilen sich über das Feld und kommen ihnen entgegen.

Krus Gatte bleibt stehen und wirft sich an ihren Hals. »Kru«, jubelt er, »meine Kru«, er schreit, gleich wieder weiterstürmend, singend vor Freude: »Deserteure! Deserteure!«

Immer stärker wird das Summen der Kugeln über ihnen. Die Kremmen schießen auf ihre Verfolger. Plötzlich zieht ein tiefer Orgelton über sie hinweg, die Gestalten auf der Anhöhe verschwinden wie durch ein Zauberwort. Ein Kanonenschuß donnert, dann rennen sie in einem Ungewitter, in dem es lacht, weint, schreit.

Der Mann ist weiß im Gesicht, und er hinkt. Sie zwingt ihn, sich neben ihr auf den Boden auszustrecken. Er zittert so, daß er sie mit den Beinen und Schultern stößt. Als sie den Arm auf ihn legt, grinst er sie verlegen an: »So ist der Krieg«, stammelt er. Kru sagt, sie wollten hier liegenbleiben, bis das Schießen aufgehört habe. Er schüttelt heftig den Kopf: »Weiter!«

Und sie erheben sich.

Ohne zu wollen, geraten sie bald wieder ins Laufen, stolpern einigemal, reißen sich die Füße wund und schlagen endlich hin.

»Es geht nicht weiter«, sagt er aufatmend. »Wir stecken im Stacheldraht.«

Er starrt eine Weile vor sich hin, doch plötzlich fährt er in einem großen Schauer zusammen: »Weiter!«

Mit viel Mühe gelingt es ihnen, sich aufzurichten. Kru umfaßt ihn mit beiden Armen und drückt ihn an sich.

»Du«, sagt sie lächelnd, »sieh mich noch einmal an … Gleich werden wir Ruhe haben … Sieh mich an, so … Ich bin dein.«

Ein kleiner Schlag gegen seinen Kopf, sie sieht seinen Blick brechen und reißt ihn an sich.

Sie preßt seinen Kopf an ihre Brust und nimmt alle Kraft zusammen, um ihn so, halb kauernd, zu halten, nach Westen geneigt, woher die Kugeln kommen, bis auch sie fallen darf. Die Finger ihrer Hand, die den Kopf hält, suchen seinen Mund.

19.

Ij schlief an Benkals Brust. Er sah von ihr nur die roten Haare … Der Wagen flog, ganz naß vom Tau, am dunkeln Kanal entlang. Sie hatten sich länger als gewöhnlich in der Grenzfestung aufgehalten, weil sie mit den Offizieren bei den Vorposten gewesen waren, und sie hatten nicht geruht.

Benkal nahm von diesem Ausflug, wie von jedem Zusammensein mit den Kriegern der Kaste, einen Schwarm von Ehrgeizteufeln mit, die ihn fieberhaft wach erhielten. Tausend Pläne schrien sie ihm zu, aufgeregt wie Trainer bei einem Rennen, zappelnd wie Makler zur Börsenzeit; er entwarf mehr Werke in einer solchen Stunde, als er in einem langen Leben hätte ausführen können. Sie hätten ihn zu Tode gemartert, aber er verlor sich im Irrgarten seiner entfesselten Vorstellungskraft, und die Teufel waren wie fortgeblasen.

Leise atmete er in den jähen und in den ungeduldigeren, pflanzenhaften Verwandlungen des Steins … Er sah, als ob er horchte, und er hörte Formen. Dankbar staunte er über die Musik, die aus den Steinen quoll. Jeder Stein war erfüllt vom Leben der Erde wie eine Muschel, die man an das Ohr hält, vom Geräusch des Meeres.

Wenn es nach Benkal gegangen wäre, so hätte man in den Steinbrüchen Altäre aufgestellt. Hier waren die Himmel und die Wolken, alle Wolken, die Wälder mit allen Pflanzen und Tieren und die Berge, aus deren Flanken erste Menschen treten, und der weite Glanz der Ebene. Die verzwicktesten Häßlichkeiten kauerten da, und man konnte Frauen sehn, so vollendet schön, daß sie schier verschwammen in den schwellenden Erdformen hinter ihnen, die ihr Körper wiederholte ...

Der Stein! Kam nicht alles in ihm zusammen, Wasser und Luft und Erde? Verschmolzen nicht Tiere und Pflanzen in ihm? War er nicht das gedrängteste Stück Schöpfung, ein erstarrter Herzschlag der Welt?

Manche schienen aus der tiefsten Erde zu kommen und von Zeiten zu träumen, die wir nicht kennen. Deshalb konnte man sie auch nicht gut verstehn. Andre standen uns näher. Sie erzählten von Bauern, die weiß und feucht, ja so frisch wie eine Quelle aus der Erde kommen und langsam schwarz werden und austrocknen und immer mehr die Farbe der Äcker annehmen, in die sie zurückwachsen. Andre waren ein Haufen Bettler, und über sie weg ritt ein Mann in funkelnder Rüstung, dessen lachende Augen weit fortsahn. Anderswo richteten sich Arbeiter, die Hand auf dem schmerzenden Rücken, am Wege auf, stützten sich auf ihre Werkzeuge und ließen einen Zug herrischer Jünglinge und sanfter Mädchen vorüberschweben. Wieder an andern Stellen ertrank viel Glanz und Gefunkel in einer braunen Hand, die sich mit eisernem Griffe schloß. Denn bis herab in die Tiefe der Erde, von wo es aufgestiegen war, bis in ihre letzte Tiefe, den Stein, sickerte das Blut des Menschen ... Und es gab Steine, in denen war so schön rund ein Leben eingefroren, daß man ihn nur anzuhauchen brauchte, damit es hervortrat ... Auch der Stein war *Menge*, aus der er seine Bilder riß, und ihm vertrauter als die Menschen, die er nicht geschaffen hatte. Vielleicht bewirkte es das ungestalte Weltgefühl in ihm, daß die Menschen ihm fremder wurden, je mehr sie sich aus der Masse heraushoben ... Er liebte die Armen und Schwachen, die Wachsenden, Unfertigen, aber er liebte sie gegen die Stärkeren mit der Wehrhaftigkeit, der Gewalttätigkeit der Herren ... Sosehr der Umgang mit den Kriegern der Kaste ihm gefiel, sosehr er sie als Verwandte empfand – es war, und er konnte es nie vergessen, ein Kampf zwischen ihnen und ihm. Die glatten Ringer entzückten ihn, aber er jubelte ihrem Untergang zu. Er war ein Teil der Menge, die an ihnen emporwuchs und die Strauchelnden unter sich begrub. Er mußte sie alle überdauern. Alle, auch Ij … Die Flut stieg, sie bedeckte die Straßen der Königstadt mit Blut, sie wälzte sich in Flammenwogen über die Dächer, sie erstieg in tausend wimmelnden Gestalten, die gingen, eine Erbschaft anzutreten, die Sonnenburg, und sie trug seine *Mänade* empor … Dann stände sie eine Weile, die verjüngte Tochter des mittelländischen Ideals, einsam hoch oben im Blutnebel, aber wenn die Sonne wieder hell schiene, wäre die Welt so neu wie am ersten Tag und fröhlich geliebt von einem neuen Geschlecht, das im Dunkel aufgewachsen war …

In der Ferne hob sich eine dreifache Krone, die Sonnenburg, aus der noch in Nachtschatten gehüllten Stadt. Die Marmorfliesen des Gipfels glühten.

Benkal neigte den Kopf, um Ij atmen zu hören.

»Ij«, rief er leise und hob sie auf, »Ij.«

Sie öffnete die Augen, und ihr Gesicht war so grau und verstört, daß es ihn fast schmerzhaft rührte. Er wollte sie an sich drücken, aber sie entzog sich ihm; sie schüttelte die Haare, hob den Kopf, und dann war sie schön und selbstbewußt und ein wenig fremd wie immer.

»Wir wollen bei dir frühstücken«, bat Benkal.

Sie ging freudig darauf ein wie auf alles, was er vorschlug …

Ijs Wohnung war fast ein Museum. Alles hielt sich fest und klar an seinem Platz und hätte an keinem andern sein dürfen. Die Türen standen weit auf, und selbst das Schlafzimmer erinnerte an die Gemächer berühmter Frauen, wie man sie in Museen und alten Schlössern zeigt. Aber über Benkal legte sich ein wollüstiges Behagen, wenn er, den Arm auf Ijs Hüften, mit den Fingerspitzen über die schönen alten Bildwerke strich, die in den Zimmern standen.

»Stein von deinem Stein«, sagte er lächelnd, und wirklich schien es ihm, daß ein einziger Blutlauf durch Ij und das berührte Bildwerk kreiste.

Ij fragte: »Gehören nun die zu mir oder ich bloß zu ihnen?«

Er küßte sie, aber sie sagte betrübt: »Du bist gern hier ... Aber ich bin lieber bei dir. Komm, gehn wir, ich bin müde ...«

Als Benkal einmal mit Ij neben der *Mänade* stand, ließ er plötzlich ihre Hand los und umarmte das steinerne Bild. Er hatte Fieberaugen und rief: »Ij, meine Ij!«

Sie nahm seinen Hals, und indem sie Mund und Augen zu ihm neigte, sagte sie lachend: »Hier, Benkal, hier bin ich.«

Eine Weile ruhte sein abwesender Blick auf ihr, dann lachte auch er, aber er küßte sie nicht.

Ij kniete vor Benkal und zeigte auf ihre Brüste: »Du willst mir nicht glauben. Aber sieh doch, sieh, hier diesen braunen Schatten, der noch keine Falte ist ich werde alt. Glaube mir, ich fühle es manchmal im ganzen Körper, wenn ich geliebt und wenn ich getanzt habe. Nimm dir jüngere Modelle für die *Mänade* ... bitte! – Dann wirst du auch sehn, daß ich recht habe.

Ich möchte auch nicht mehr tanzen – nur von dir geliebt sein – anders als jetzt, ja, zärtlich, ohne daß ich immer schön und stolz zu sein brauchte ... ohne die letzte Wildheit. – Ich glaube, ich war nie so schön wie bei dir, aber ich bin aufgepeitscht durch deine Heftigkeit ... unsre Lebensweise ... das halb irrsinnige Bedürfnis, mich immer noch zu überbieten ... Die Luft ist voll Gift durch den Krieg. Manchmal fühle ich, wie Mordlust, richtige Mordlust sich in mich wirft, wenn ich tanze ... ich kann es nicht hindern ... im Gegenteil, ich triumphiere ... Denk nur, was ich alles mit auf die Bühne nehme, von der Straße und von der Fahrt, und was ich dann heraustanzen muß! Das wäre noch nicht das schlimmste. Aber kaum bin ich fertig, da strömt es mir wieder zu, da ziehe ich es wieder an und sammle und sammle für das nächstemal ... Dabei bin ich wirklich müde und möchte mich endlich gehnlassen ... und kann nicht ... Wenn du mich nur wirklich liebhaben könntest – ich möchte so gern alt werden ...«

Sie nahm lächelnd Benkals Hände. »Du, ich habe auch eine Seele.«

»Wir haben alle eine Seele«, sagte Benkal und begann, heftig vor ihr auf und ab zu gehn. »Abgemacht. Aber hüte dich vor ihr, sie ist das sicherste Mittel, dich vor der Zeit zu ruinieren.«

Während Benkal weitersprach und sie ihm, die Augen voll koketter Ermunterungen, wie erstaunt zuhörte, schloß sie langsam, unauffällig das Tuch über ihrem Leib und richtete sich auf.

»Vielmehr, wir haben alle nicht eine, sondern zwei Seelen. Von der einen warst du durchstrahlt, als du dich in der roten Loge von mir betrachten ließest. Wenn der Trauermantel, der Schmetterling – ein Heimchen stellt, dann hypnotisiert er es durch den Schrecken seiner entfesselten Schönheit. Er streckt die Flügel aus und reckt sich, bis die bunten Verzierungen im hintersten Winkel unter den Flügeln auch noch ihre Pfauenlichter spielen lassen … Dann tötet er … Von so kriegerischer Schönheit warst du. Weil du frech gewesen warst, dachtest du vielleicht, ich würde mich rächen wollen, und rüstetest dich zur Abwehr … oder du fühltest einfach, daß wir miteinander handgemein würden, und sichertest dir alle Vorteile. Das war deine Seele, die eine. Die liebe ich. Die andre, vor deren Wirkung uns alle guten Geister schützen mögen, ist ein Schlafmittel, die einen nehmen es freiwillig, den andern wird es aufgezwungen, und die Apotheker, die es verschleißen, behaupten, daß es den Menschen vom Tiere trenne.

So, und nun sprich mir bitte nicht mehr davon, daß du alt wirst. Es ist nicht wahr. Ich will nicht, daß es wahr sei … Sei fröhlich und zieh dich an; es ist Zeit, daß wir fahren.«

20.

Das große Heer im Osten flüchtete, geschlagen, in unzusammenhängende Teile zersprengt, nach der Königstadt.

Vor sich her schickte der König die Reiter seiner Garde, damit sie die Bürger hinderten, Versammlungen abzuhalten, und die Gemeinschaften der ›Unschuldigen‹ auflösten.

Häuser und Kirchen wurden gestürmt, Frauen in den Straßen niedergemacht. Die Priester, von denen sie sich nicht bei trockenem Brot und der alten Sitte hatten halten lassen, halfen ihnen sterben, indem sie die in Blut erstickenden Wesen, die sich, von der fürchter-

lichen Angst geschüttelt, an sie anklammerten, mit viel Geduld er-
mahnten, die letzte Gelegenheit zu benützen und ihr Elend zu bereu-
en. In Erfüllung ihrer Standespflicht setzten sie sich sogar den Kugeln
und Säbeln der Soldaten aus.

Die Tür von Benkals Atelier wurde aufgerissen, die Tragwände
davor fielen um. Hahna stand vor ihm, Blut im Gesicht und in den
Haaren. Die Kleider hingen in Fetzen an ihr herab. Sie hielt die
Hände auf den Leib gedrückt und krümmte sich: »Benkal!« klagte
sie, »Benkal! ...«

Plötzlich fuhr sie zusammen, als ob sie jemand hinter sich kommen
hörte, die Angst bog sie aufrecht, und zur offenen Tür gewandt schrie
sie: »Sie schlachten, uns! Es gibt kaum noch ein Haus, woran nicht
Blut klebt! Erst haben sie uns von der Straße gejagt, jetzt suchen sie
uns in den Häusern. Ihr Schweine! Ihr Schweine! ...«

Benkal hatte einen Flammenschuß ins Blut erhalten. Er zitterte
und sah mit verzerrtem Gesicht von Hahna nach Ij. War jetzt der
Augenblick gekommen, die Hände zu spreizen ... und sich auf
Menschen zu werfen ... zu würgen und gewürgt zu werden, bis man
sich mit einem Tritt befreite und weitersprang, oder bis einem selbst
rot und schwarz vor den Augen wurde ... und man erlosch ... Begann
die Wirklichkeit? Hatte er ausgeträumt, von Frauen und Werken,
der *Mänade* und den andern Puppen? Es brannte ... im Ernst! ...

»Nehmt alle Männer, die ihr findet«, sagte er leise, »geht in die
Sonnenburg und schließt die Tore. Ich komme mit andern nach.
Lauf, Hahna!«

Hahna machte einen Schritt nach der Tür und sank um. Benkal
sprang zu ihr. »Bleib hier – Hahna, mein Schatz«, sagte er. »Du
kannst nicht mehr.« Er richtete sie sorgsam auf, als sie aber stand,
murmelte sie einigemal »Sonnenburg«, und sie stieß sich von ihm
ab und lief aus der Tür.

Da warf sich Ij zu Benkals Füßen. Sie zog den Schleier fester um
ihren Leib und flehte, mit der einen Hand das Tuch haltend, die
andere zu ihm erhoben: »Bleibe bei mir. Geh nicht in dieses Blut
hinaus. Warte noch ein wenig ... Laß mich dich noch ein bißchen
behalten ... Nur heute noch ...«

Aber dann sah sie seine Augen, die weit fort waren, und gleich ließ sie die Hand sinken und sagte ergeben: »Ich will hier auf dich warten ...«

»Die Stunde ist da«, rief Benkal seinem Bruder zu. »Los! Auf die Straße.«

Der Bruder antwortete: »Ich muß bei Wan bleiben.«

»Gut, ich gehe allein.«

Der Dicke erbleichte, er wollte sprechen, aber Benkal hatte schon die Tür hinter sich zugeschlagen.

Er wußte, daß überall Waffen bereit lagen, er kannte auch einige Führer ...

Aber er kam zu spät.

Es begann mit einer Reiberei zwischen Arbeiterführern und Offizieren, und mit einemmal traten die geheimen Verschwörungen an den Tag.

Die Reiter, die von den glänzendsten Kriegern der Kaste geführt wurden, stürzten sich darauf wie auf ein lange gesuchtes Wild ... Über den Köpfen der Menge sah man ihre schmächtigen Körper in der Sonne beben, und es war, als ob es die Erschütterung ihres blanken, in harten Gelenken arbeitenden Willens sei, der die andern vor ihnen niederwarf.

Unterdessen hatte Hahna eine Schar ›Unschuldige‹ nach der Sonnenburg geführt.

An den Toren waren Wachen aufgestellt. Sie ließen die Frauen unter scherzhaften Zurufen eintreten. Dann schlossen sie die Tore und machten Jagd auf sie. Den Säbel in den Zähnen, klatschten sie in die Hände und trieben sie wie die Hühner vor sich her, durch Gärten und Haine, von einer Terrasse zur andern.

Die meisten erlagen, aber Hahna und einige andere gelangten auf die Höhe.

Sie hielten sich für gerettet.

Mit ihrer letzten Kraft erklommen sie die Treppe und sanken auf dem weißen Gipfel, diesem unbefleckten Spiegel des mittelländischen Himmels nieder.

Dort ließen die Soldaten sie nackt in ihrem Blute zurück.

Als Benkal zur Sonnenburg kam, fand er die Tore verschlossen. Er klopfte an ein Fenster des Wärterhauses. Zwischen Tabaksqualm tauchte eine verknüllte Soldatenmütze auf. Benkal hob sich auf die Fußspitzen und gab sich ein herrisches Aussehn, um in Geschrei und Gläserklirren hinein zu fragen, ob nicht Frauen … Ein wieherndes Gelächter unterbrach ihn.

»Ausverkauft!« brüllte eine Stimme, und das Fenster wurde zugeschlagen.

»Kommen Sie, Meister«, sagte eine Stimme hinter ihm.

Es war Bra, den sein Herr hinter Benkal hergeschickt hatte. Er nahm Benkals Arm: »Schnell. Sie rücken aus der Vorstadt an. Wir wollen mit.«

Sie fanden den Haufen und schlossen sich ihm an. Jemand reichte Benkal ein Gewehr mit einem Bajonett. Sein Nebenmann, ein siebzehnjähriger Knabe, rief ihm triumphierend zu: »Wir haben Kanonen …«

Am Abend waren die Aufständischen, deren Reihen immerzu von flüchtigen Soldaten verstärkt wurden, die Herren der Königstadt. Das Schloß und das Hofviertel standen in Flammen, es brannte im Stadtteil, wo die reichen Bürger wohnten. Die Sieger lagen in den Weinkellern und ihre Führer, ein, Stockwerk höher, in seidenen Betten.

Zur Feier ließen sie die Nacht hindurch alle Kirchenglocken läuten. Die sich bis dahin verborgen gehalten hatten, schlichen vorsichtig heran, mischten sich unters Volk, und plötzlich hielten sie Reden …

Es dämmerte schon, als Ij Benkal wiedersah. Sie rief ihn, aber er ging nicht zu ihr, sondern schloß sich in das Ankleidezimmer ein. Sie hörte, daß er sich wusch und umzog. Das Rücken der Stühle, das Knacken der Schränke, das Platschen des Wassers erfüllte sie mit Grausen …

Als er wieder in das Atelier trat, sah sie, daß er wankte. Und er zögerte, zu ihr zu kommen. Sie wartete still mit geöffneten Armen, die zitterten.

»Die Arbeit ist fertig«, sagte er. »Ich will schlafen.«

Und er schluchzte, wild, fassungslos.

Sie eilten durch die Menge einem entfernten Stadtviertel zu, wo sie den Wagen hingeschickt hatten. Benkal wagte nicht, im Automobil durch die Straßen zu fahren.

Die Menge war in Kirmeslaune: roh und übermütig und ein wenig böse in der Ungewißheit, was der Morgen brächte. Vielleicht sagte ihr der Instinkt, daß sie wieder wie immer und mit Naturnotwendigkeit um die vollen Früchte ihrer Anstrengung betrogen würde …

Der Wagen fuhr durch die, halbabgebrannten und fast leeren Vorstädte. Alte Weiber streckten die Hälse aus dem Fenster und schimpften hinter ihnen her … Benkal atmete auf, als der Wagen endlich zur vollen Fahrt ansetzte.

Schrecken lähmte ihn, als sie plötzlich im freien Feld vom Licht großer Scheinwerfer ergriffen wurden und ein Trupp Soldaten ihnen den Weg versperrte.

Aber der Führer erkannte Ij, und es war ergreifend zu sehn, wie seine drohenden Augen plötzlich sanft und ergeben wurden. Er beugte sich tief im Sattel, um Ij die Hand zu küssen.

»Wohin gehen Sie?« fragte Ij.

»Wir schließen die Stadt ein.«

Er bemerkte den prüfenden Blick, den Benkal auf die Soldaten warf, und fuhr lächelnd fort: »Oh, sie gehn gern mit – bis an die Stadt.«

Ij fragte nach der Königin.

Der Krieger sah ihr in die Augen und antwortete nach einer Weile: »Krank.«

Sie fragte nach Ton.

»Auch krank.«

»Und was machen Sie?«

»Wir warten, daß wir umgebracht werden!«

»Und der König?«

»Ebenso, aber mit mehr Ungeduld.«

Er richtete sich auf und winkte: »Wiedersehn …«

Ij drückte sich an Benkal: »Ich glaube, es ist das Ende der Welt.«

»Im Gegenteil, Ij, so sieht ein Anfang aus …«

Sie schüttelte den Kopf: »Mir kommt es vor, als ob wir beiden die einzigen Überlebenden wären. Sag selbst: Das da waren doch Gespenster?«

Er zog sie an sich, bettete ihren Kopf an seine Brust und hob das Gesicht in den Wind. Der Wagen flog mit der Landstraße den Sternen zu ...

Benkal hielt Umschau ... Diesmal hatte er seinem Bruder geholfen. Seinesgleichen kam jetzt ans Ruder ...

Die Armen – nun, die besten Schüler wurden versetzt, die andern blieben sitzen. Schneller ging es offenbar nicht in der Weltgeschichte ...

Der Wagen flog, und sie schrien immer noch, die Stimmen der Empörten, und rissen mit den Füßen am Gerüst, an dem sie hochkletterten! Sie spannten sich noch immer, die stählernen Bogen der Energie ... Die Luft war voll von der sausenden Musik, die die Sehnen machten, dem tieferen Hämmern und Rattern ... In all dem Lärm wurden noch immer schweigsam die schweren Lasten gehoben ... Es war alles wie immer, der Kampf ging weiter, von der Tiefe der Erde bis in die Lüfte ... Aber es war eine kleine Pause eingetreten ...

Die Stimmen ruhten aus.

Wie gut, daß sie auch heute gefahren waren ... Aus all dem Schrecklichen und dem Geläute der Glocken heraus, mit dem Entfesselte ihr schlechtes Gewissen zudeckten ...

Jetzt konnte er schlafen, ohne fürchten zu müssen, daß er aus quälenden Träumen aufschreckte, schlafen, von einer Gewalt hingerissen, die stärker war als seine eigene kleine Tierheit ...

Benkal kniete vor Ij, die heftig atmend auf dem Ruhebett ihrer Garderobe lag. Hielt sie umschlungen. Bedeckte ihr feuchtes Gesicht mit Küssen.

»Ij, meine Menschenfackel, wie hast du heute getanzt! Alle Plastiksäle der Welt kamen in Bewegung, du hobst dich auf der Glatze meiner gewaltigsten Kollegen aus alter und neuer Zeit. Manchmal war dein Leib im durchsichtigen Himmel eines Schleiers wie ein

Sternbild, ich meine ein ewiges Stück runden Steins, das durch den Raum wandelt. Dann wie ein Waldbrand … im Wind! Ein ganzes Ballett von Feuerjungfern. Ij, du hast getanzt!«

»Und wenn ich ersticke«, sagte Ij, »ich werde dich nicht bitten, mich loszulassen.«

Er hob sie auf, stellte sie vor sich. Zog sie aus. Er trug sie ins Bad, wo er sich gravitätisch mit ihrem Puls zu schaffen machte, und nahm sie aus dem Wasser. Trocknete sie ab. Er zog sie wieder an. Litt nicht, daß man ihm half, obwohl er sich sehr plagen mußte. Als er sie an seinem Arm durch die Reihen Neugieriger zum Wagen führte, fiel ihm ein, daß er Ij heiraten könnte.

Sie aßen allein in ihren Zimmern und fuhren nicht nach der Königstadt zurück …

Am andern Tag traten sie eine Reise durch die europäischen Städte an, und als sie endlich beschlossen hatten, nach Hause zurückzukehren, bestieg Benkal ein Schiff, das nach Indien fuhr.

»Ich brauche eine gewaltige Erholung«, erklärte er, »denn ich spüre nicht die geringste Lust zum Arbeiten. Ich muß Feuer schlucken. Die tropischen Wälder … die großen Ströme … Ich schenke dir die *Mänade*! Laß mein Atelier schließen und nimm die Schlüssel an dich! Ij, sag, wirst du auf mich warten? … Grüße den Dicken!«

Bei Benkals Rückkehr ergriffen die Mittelländer die Gelegenheit, endlich wieder ein Fest zu feiern. Es war, als ob eine alte mittelländische Legendenfigur heimkehrte, die sie im, Drang der neuen Dinge ein wenig vergessen hatten. Jetzt aber erinnerten sie sich. Benkal hatte lange, dumpfe Jahre Geknechteten, die er in ihren Höhlen aufsuchte, den Aufstand gegen ihre Herren gepredigt, und dabei wurde die Geschichte von einem Hahn erzählt, der lange vor der endgültigen Befreiung die Stadt mit seinen aufreizenden Freiheitsrufen beunruhigt habe und der sich in den Erzählungen glaubensdurstiger Hauptstädter rasch zum Symbol auswuchs: Jedermann wollte sich erinnern, ihn damals gehört zu haben. Benkal war es auch, der die Frauen auf die Straße geführt und damit das Zeichen zur allgemeinen Erhebung

gegeben hatte. Er war dabeigewesen beim entscheidenden Straßen-
kampf, und nun, da das Leben still und heiter dahinfloß, wollten alle
in seinen Werken, die wild und in ewigen Formen aus dem blutge-
tränkten Boden geschossen waren, die Erregungen und verzweifelten
Anstrengungen besinnungslos durchlebter Tage wiederfinden.

Sie läuteten die Glocken, feuerten die Geschütze ab, die ihnen die.
Kremmen gelassen hatten, und hielten Reden, wie sie früher, unter
den Königen, nicht zu hören gewesen waren.

Bra, der als Abgeordneter einer Bürgervereinigung Benkal in einer
schönen Ansprache ›einen Befreier des Volkes durch die Frauen‹
nannte, bat im Einverständnis mit dem gerührten Dicken, daß der
Meister ihn in seine Dienste nehme.

Ij kam ihm in all ihrer herausfordernden Schönheit entgegen, und
sie erblaßte wieder, plötzlich im tiefsten aufgewühlt, wenn er sie berührte …

Die Erde fragt nicht, wer sät und erntet, sich in sie hineinbohrt
und wieder in den Himmel erhebt mit der ihr entrissenen Kraft. Es
ist nicht ihre Sache, sie hat anderes, Langwierigeres zu tun. Gewiß,
sie hat die Menschen hervorgebracht, allerhand Rassen; Völker sind
gewandert, sind mit andern verschmolzen, gestorben und neu geboren.
Bald müssen wir uns trennen, um zu gedeihen, und das ist der große
Anblick der Weltrennen, in denen Rassen und Völker, von ihren
Schrittmachern geführt, die breiten Wege der Erde dahinfliegen,
elektrische Ströme von Energie, die sich aneinander entzünden, so
daß wir oft in knisternden Flammensäulen zu wandeln scheinen –
bald uns zusammenschließen, um Kraft und Ehrgeiz zu häufen und
stärker zu sein … Das haben wir untereinander abzumachen. Der
Erde juckt nicht einmal das Fell von uns. Sie ist geduldig wie eine
Riesenschlange, die verdaut. Sie verdaut immer, Gott mag wissen,
woran …

Die Früchte glänzten unter dem weiten Himmel des Mittellands,
Schmetterlinge wiegten über den lichtgrünen Urwäldern des Grases,
in dessen Tiefe die Spinnen und die Käfer und die Ameisen die
lautlosen Kämpfe ihres Lebensmittags hatten. Kornfelder legten sich
singend auf die Seite, wurden zusammengebunden, und die Wagen

fuhren im feierlichen Abend der Dörfer ermattet zur Scheune. Die Reben glitzerten und sprühten, als wimmelten die Hügel von Eidechsen. Ihr Duft kam bis an den Fluß hinunter, auf dem schwere Kähne vorbeitrieben. Am Holzsteuer stand eine Frau in weißem Kopftuch, zu ihren Füßen spielte ein Kind mit einem Spitz.

Es gab wieder Städte, über denen eine einzige große Rauchwolke lag, die sich im Wind und in der Sonne schwerfällig regte. Die Fenster der kleinen Häuser standen auf, man sah das verlorene Licht eines Spiegels, im Vorgarten strickten Mädchen zu zweit und dritt: Sie sahen lange auf, wenn jemand auf der Straße vorüberging, und lachten. Das Innere der Städte widerhallte vom Geschrei eiliger Menschen, aus den Gasthäusern drang Musik, die surrte wie ein Ventilator im Straßenlärm. Die Förderkörbe in den Bergwerken fielen und stiegen, wenn auch nicht mehr so zahlreich wie früher und, wie es schien, auch nicht mehr so schnell. Die Kohlen liefen mit kleinen Schreien, die das plötzliche Licht ihnen entriß, über gleichgültige, beamtenhaft geschäftige Treppen, bis an die Schienenstränge, an deren Ende sie in blauem Rauch verwehten. Erz verließ den Stein und reinigte sich auf der Wanderung durch die schwarze und die weiße Magie, um zuletzt mit blanker Stahlstirn in die Welt hinauszufahren. In den Wäldern begannen hohe Baumkronen niederzuschweben, brachen, plötzlich von der eigenen Schwere erfaßt, mit Gewalt durch die umstehenden Bäume und sausten entlaubt den Berg hinunter. Tauchten wie eine Robbe ins Wasser, kamen abgekühlt wieder, reihten sich Glied an Glied; schwammen unter den Eisenschuhen der Flößerknechte zu Tal. Kühe zogen läutend über die Weiden. Städte nahten, deren Türme geflaggt hatten. Auf den Wällen lustwandelten Soldaten neben Mädchen, die Kinderwagen vor sich herschoben. Aus blühenden Büschen schüttelte der Wind Musik. Weiße Kähne voll bunter Frauen stießen vom Ufer.

Als Benkal aus dem Rausch des Wiederhabens erwachte, bemerkte er kaum, wie alles um ihn verändert war, denn er selbst war in Ijs Armen, schnell gesättigt, aus der leidenschaftlichen Zone seines Lebens, die ihm jetzt fast traumhaft erschien, in eine neue Welt voll sinnlicher Spiele und sommerlichen Leichtsinns geglitten … Seit

König Olep in einem Haufen meuternder Soldaten verschwunden war, hatten die Mittelländer, dieses alte Tänzervolk, das lange genug in Waffen durch Europa geeilt war, ihre anmutige Haltung wiedergefunden. Sie waren nicht schön gewesen am Boden, über ihrer abgewürgten Kaste. Aber sie sprangen auf, als der Friede geschlossen war, und das Leben erschien ihnen wie neu. Sie genossen es mit Würde. Sie genossen selbst den Zorn auf den Sieger. Und reiner als je tanzte die weiße Flamme ihres Geistes über Unglück und Niedergang. Mit vollen, behaglichen Atemzügen, nur immer ein wenig ermüdet, arbeitete Benkal an einer *Athene*, zu der Gugu ihm Modell stand. Er bewohnte jetzt ein Haus in einem Garten mitten in der Stadt und gab viele Feste.

21.

Das Auto machte lange Sätze im Flug, die Baumlinie des Kanals wuchs aus der Ferne heran.

»Die Welt«, jubelte Gugu, »ist schön, ist schön, ist schön!«

Sie sang das auf die Melodie geläufiger Gassenhauer, bald übermütig, bald gefühlvoll.

Benkal fuhr mit seinem Modell zum Angelfischen. Es war Sonntag, und beim Erwachen hatte Gugu mit gefalteten Händen um eine Landpartie gefleht. Ihre brave Seele vergaß nie, daß sie das Modellstehen an endlosen grauen Wochentagen hinter dem Ladentisch gelernt hatte, bevor sie an einem Sonntag entdeckt und in Freiheit gesetzt wurde. Der Sonntag auf dem Land war für Gugu die vollkommenste Form des Daseins.

Neben dem Chauffeur saß Bra, die Hände um ein Paket Angelruten gekrampft, er pflügte mit der Nase in den Wind und lächelte. Umständlich malte er sich die Mißhandlungen aus, die er sich von seinem Herrn gefallenließe, wenn er nur dafür zweimal im Jahr unter frischen Bäumen im Gras sitzen und eine Angel ins Wasser hängen durfte.

Es kam vor, daß Gugu nicht das geringste mehr zu erzählen wußte. Dann trat eine Pause ein, während der Benkals Gedanken sich unwillig, aber notgedrungen von Gugu in eine ernsthaftere, leidenschaftlichere Welt zurückzogen, wo er kämpfte und litt, wo ein Schicksal ihn seines Weges peitschte, das Gugu in ihren guten Tagen mit einem kleinen Raffen ihres Kleides unter ihre Füße werfen und verschwinden lassen konnte.

Gugu wußte nichts von ihrer Macht. Sie wußte, daß Ij, die große Tänzerin, die anerkannte Geliebte Benkals war. Darum beneidete Gugu sie weniger als um ihren Ruhm und ihre schönen Kleider … Was die Schönheit betraf, so hatte sie, Gugu, ihre eigene Art Schönheit, die keine andre Frau ihr nachmachen konnte. Sie war die Schönste in ihrer Art … Sie hätte nichts anders sein wollen. Dagegen wünschte sie sich, Kleider zu tragen, die in den Zeitungen abgebildet wurden und von denen alle reichen und schönen Frauen der Stadt mit bewunderndem Neid sprachen. Sie wußte, daß sie in keiner Weise an Ij heranreichte, sie war mit dem zufrieden, was sie besaß, und hoffte auf eine fabelhafte Zukunft. Zum Beten hatte sie einen Götzen, der hieß das Glück, worunter sie das große Los einer Lotterie verstand oder einen gemütvollen Millionär, der sie heiraten würde, und zum Leben zwei Talente, denen sie ihre besten Erfolge und auch Benkals Zuneigung verdankte, einen gepflegten Leichtsinn und unverdorbene Dummheit.

Jetzt hielt Bra die Bambusstöcke in die Luft und stieß einen Kriegsruf aus. Das Auto hob sich weich über die Brücke. Rechts und links an den Ufern, so weit man sah, hatten sich Angler mit ihren Familien niedergelassen. Die Kinder spielten hinter den Bäumen auf den Feldern. Dort saßen auch die Mütter, die Köpfe zusammengesteckt, und unterhielten sich … möglichst leise.

Über dem Wasser schwebte feierliche Stille. Bra fühlte mit Schauern der Wonne, wie sie auch ihn erfaßte.

Gugu lustwandelte an Benkals Arm, wie ein Fräulein aus dem Städtchen dort, das zum erstenmal mit ihrem Verlobten allein über die Felder geht. Sie schlenderten durch hohe Wiesen roten Dächern zu.

22.

Mein Freund!

Gestern habe ich dich wie eine Braut durch meine Zimmer geführt. Ich habe mit dir alle meine Vasen, die Reliefs und die Statuen, die kleinen Figuren in den Ecken und auf den Schränken, nicht wahr, ich habe alle diese Erinnerungen – Bilder, Gemmen, Ringe, Teppiche und Intarsien –, als würden sie jetzt erst mein, nein, als wären sie ein Geschenk von dir, *bewundert*. Ich war noch einmal berauscht von dem Leben, das um uns drängte und mit immer neuen, mit umfassenden Bewegungen auf uns zukam: aus beschatteten Winkeln … so kühl im perlmutternen Licht dieses Sommernachmittags … plötzlich wild befreit, schallend und hinreißend.

Es war, da ich in einem Zustand hellsichtiger Entzückung neben dir ging, mein letzter Tanz. Als wir im Vestibül vor der *Mänade* stehnblieben, wußte ich's. Oh, sie ist wundervoll! Leicht zurückgelehnt, den starken Körper ins Gewand geschmiegt, das wie die sichtbare Liebkosung einer Luft aus Blumen und Sonne, wie die Umarmung einer unfaßbaren Welle ist, macht sie jenen göttlichen, den ersten Schritt, mit dem der Mensch sich aus einer Atmosphäre von Trägheit und unfruchtbarer Trauer zu einem körperhaften Lächeln befreit. Wahrscheinlich ist dieser erste Schritt der schönste Augenblick aller Tanzlust. Es gibt Menschen, die immer so gehn, als ob sie eben anfingen zu tanzen …

Aber, Benkal, ich kann nicht mehr! … und ich weiß, du wirst mich verstehn. Mit welkendem, überlebtem Leib tanzen, mit fröstelnden Erinnerungen, abgewandten Augen, mit Gliedern, die nicht mehr im Tanze fliegen, die man zwingt … das ist wider die Natur und eine Hoffart ohnegleichen. Komödiantinnen dürfen ihre Mumie schmücken und mit gegipster Stirn dem Verfall trotzen, alle dürfen mit ihrem Körper lügen, nur nicht die Tänzerin. Denn sie ist nackt, wenn sie tanzt. Sie ist von den Menschen den natürlichen Dingen am meisten verwandt, den Pflanzen, der Erde, der Luft, dem Wasser. Sie soll brennen, wie ein Feuer brennt, und demütig sein wie eine Blume, die sich niederlegt, nachdem sie geblüht hat. Die Bäume stehn still mit dem Wind … Ist es nicht recht, wenn ich so spreche?

Ich weiß eine japanische Legende, die Geschichte von Amaterasu und Ouzoume – höre! Amaterasu hatte sich in einer Höhle versteckt und davor einen Felsen gewälzt. Es wurde finstere Nacht auf Erden und im Himmel. Sie grollte den Göttern. Deshalb nahm sie das Licht von ihnen. Sie konnte das, denn sie war die Sonne selbst. Die schlanke Ouzoume, die schönste und jüngste der Himmlischen, liebte sie. Die Traurigkeit liebt so das Glück, die Sehnsucht die Liebe. Die Götter rückten schließlich, weil es noch immer nicht hell wurde, vor die Höhle, worin Amaterasu sich versteckt hielt. Sie stellten eine große Trommel auf. Sie holten Stroh herbei. Und dann waren sie von einem brennenden Wall umgeben. Ouzoume trat auf das starke Fell und begann im Kreise des Strohfeuers zu tanzen. Dazu schlugen die Götter den Takt mit harten Hölzern, und sie lachten, daß die Himmel erbebten, während auf dem Fell der Trommel die Sehnsucht tanzte: erst still und versonnen, ein wenig scheu in ihrer großen Liebe. Bald tanzte sie schneller, ihre kleinen Füße berührten kaum noch die Trommel, sie tanzte im Lärm der Götter mit fliegenden Haaren und feuchten Augen, im Drang, ihre eigene Schönheit zu befreien und strahlend hinzusinken zu dem Strahlenden. Oh, sie tanzte wie rasend und ließ ein Gewand nach dem andern fallen. Wie Asche lag die Seide um ihre Füße, und ihre Seele befreite sich, ihre Seele glühte im nackten Leib, der rote Schein des Feuers, der den Körper überrann, war ihr reiner Atem … Ich sterbe, wenn du nicht hervorkommst, Amaterasu, meine Schönheit verstrahlt, der Tanz verzehrt sie so, du mußt mich mit deinem Leben nähren … Wenn du nicht hervorkommst, will ich nie mehr glühen, ich will frieren und immer fliehen, ich will sterben.

Einen Blick wechselte Ouzoume mit der eroberten Sonne, da sie aus dem Felsen hervortrat, und in diesem Blick war ihr alles geschenkt … Amaterasu stand dicht vor ihr, sie lächelten beide ganz gleich. Dann brach die kleine Tänzerin tot auf der Trommel zusammen.

Nun, mein Freund, auch ich habe diesen tödlichen Augenblick der *Erfüllung* gekannt. Ich habe ihn, feige wie eine Geliebte von mehr als dreißig Jahren, vorübergehen lassen. Damals in der Grenzfestung habe ich so vor dir getanzt. Ja, nur vor dir. Ich wußte nicht, wo du in dem flimmernden, überfüllten Theater saßest; und ich suchte dich auch nicht. Überall konntest du sein, im Parterre, in den Rängen, rechts und links, und darum tanzte ich rauschend zu dir hin, der du überall warst, ich warf mich bis in die letzten Reihen der dunklen Ränge, ich rührte den Purpurschatten der Logen auf. Und wirklich, ich fühlte dich näher kommen, immer näher, und plötzlich glaubte ich, daß du in meiner Garderobe auf mich wartetest. Du wartetest ja auch. Ich sagte dir, daß ich dich nie so geliebt hatte, wie an diesem Abend, an diesem letzten Abend – nicht wahr, Benkal, wir waren unerhört glücklich damals? Nicht wahr, auch du hattest mich nie so lieb gehabt? Dann reistest du.

Du kamst zurück ... Aber du hieltest mich nicht mehr an dich gedrückt, warfst mich nicht mehr aus dem noch bebenden Automobil auf die Bühne und nahmst und trugst mich wie eine Beute zurück. Du hattest andre Frauen neben mir, und wer weiß, wenn ich nicht – mit wieviel Mühe! – schön geblieben wäre ... Aber gestern! Ich war stark, glücklich. Alle Tänze in diesen Zimmern haben in den vier Jahren wie eine aufgepeitschte Musik geklungen. Sie lärmte in meine Träume hinein. Sie rief: Schön mußt du sein, stark, leicht ... Schön mußt du sein! Es ging noch ... Dann kam plötzlich die Stille: Aber nicht wie ein Erlöser – wie ein Mörder. Wer nicht zu seiner Stunde stirbt, wird gemordet. Eben war mir, als ob ich dich das sagen hörte in der Ferne ... Ich schäme mich, wenn ich mich im Spiegel sehe. Ich könnte deinen Blick nicht mehr aushalten. Benkal, wenn ich mich mit dir unterhielt, war Tanz in mir, wenn ich an dich dachte, rührten sich, wie in einem Muttergefühl, in mir Unbewegten meine Tänze. Alle Menschen schenkten dich mir im Vorübergehn, mit dem Versprechen eines Tanzes, der Erinnerung an einen Tanz. Tanz war für mich die Welt. Ich war so reich wie die Welt, etwas schmiegsam und in bewegten Formen Spiegelndes war ich, ich war mitten drin in der Welt, in der vielfarbigen, vielstimmigen Blüte ... Erinnerst du dich an die unfertigen Riesen des Italieners in jener dummen Muschelgrotte? Ihre Formen sind kaum andeutungsweise aus den mächtigen Felsstücken gelöst. Aber wie wunderbar sind die schweren, langsamen Bewegungen, mit denen sich die Gestalten der elementaren Fessel entwinden! Ein Schlüpfen, ein Drängen aller Muskeln, der Glieder, ein Hinübergleiten in leichte Atmosphären, der belastete Tanzschritt eines Riesen, der … ja! und ich höre es dich noch rufen … im nächsten Augenblick zwischen den Gestirnen tanzen wird! Der sich in einer riesenhaft heiteren, von den Lichtkatarakten des Himmels überstürzten Majestät offenbaren wird, lebendig bewegt in der unabsehbaren Bewegtheit der Welt. Denn auch die Schönheit der Welt ist der Tanz, der Anfang und das Ende, das beginnt. Ein ewiger Rhythmus, den wir Menschen zu einem geringen Teil verkörpern und den ich in leisen, von fernher gespülten Wellen – aber von welcher Farbenpracht, von welcher Süße! – überall im Leben gespürt und wiederholt habe.

Du siehst, mein Freund, dieser Brief ist ein Testament. Ich bin eingefroren. Alle Gebärden und die schönen Begeisterungen, die meine Wohnung füllen, sind erstarrt. Die Tänzer stehn wie Grabfiguren. Heute früh habe ich die Statue, die du von mir gemacht hast und die, solange ich mich stark fühlte, mein Gewissen war, in dein Atelier bringen lassen. Vielleicht wirst du sie dem Staat schenken, damit sie, eine blasse Gestalt am Ufer eines gefrorenen Wassers, im grauen Licht eines Museums steht. Sie war in Stroh und Bretter gepackt. Früher hatte ich sie mit vielfarbenen Blumen bekränzt, ich hätte gewollt, daß diese letzte Fahrt ein Triumph und lauter Freude sei. Aber nun ist sie seelenlos. Ich bin von ihr getreten. Wodurch sie weiterlebt, das ist von dir, ist dein Geist, dein Blut.

Ich bin ein Schatten in einem dunkelnden Wald, mein Spiegelbild in einem Strudel, die Fußspur in einer Vorortsgasse, die der Regen verwischt.

Die Seele meldet sich …

Was wird in zwanzig Jahren von mir übrig sein? Ein paar Skandale, zweifelhafte Anekdoten, eine Rührgeschichte. Hundert alte Leute werden sich, ganz unbestimmt, meines Lächelns erinnern. Du, wenn die Müdigkeit kommt, wirst eine Macht über das Leben haben: den Ruhm. Du wirst mit deinen Bildwerken immer gegenwärtig sein, mehr, viel mehr, als du es dann sein wirst. Das ist die Macht des *Wortes*, du würdest sagen: des Steines ... Der reine Geist alles Blühenden verfliegt mit einem Sonnenstrahl. Es ist schön, darauf zu horchen, ganz still zu lauschen, wie der Rausch eines Tanzes hinter den Hecken, in rauschenden Kornfeldern erstirbt, zu fühlen, wie der duftende Rauch einer Blüte in der blauen Luft zergeht. Ich will still sein, weil sich die blaue Milde dieses Sternenhimmels auf meine vom Rampenlicht verbrannten Augen legt. Meine Glieder sind glücklich zu ruhn, und wenn ich einschlafe, sehe ich den flimmernden, überfüllten Saal des Theaters in der Grenzfestung, und mein überschwengliches Glück regt sich, ganz dicht, wie ein innerlicher Tanz, an deinem Herzen.

23.

Vier Tage später wußte, es die Stadt. Ij war verschwunden. Sie kam nicht zurück. Die Zeitungen brachten Abbildungen der *Mänade*. Sie sagten, Benkal habe sich in seinem Atelier eingeschlossen und sei für niemand zu sprechen.

Aber seine Freunde besuchten ihn häufig. Sie stellten sich vor die weiße Frau und taten, als ob sie in die Betrachtung der unsterblichen Schöpfung versunken seien ... Dabei schielten sie zu Benkal hinüber, der entweder in einer Ecke des großen Sofas zusammengerollt lag oder, die Hände im Rücken, das Kinn gegen die Brust gedrückt, hastigen Schrittes über die Teppiche wanderte. Oft stand er auch auf einem Schemel beim Fenster und starrte über die Dächer, nach der Sonnenburg ... und in den Himmel darüber. Das Gesicht verlor nie den Ausdruck angespannten Nachdenkens. Wenn die Unterhaltung stockte, da bat er, doch zu sprechen, und pflichtete allem, was gesagt wurde, eifrig bei, aber bald beteiligte er sich am Gespräch nur noch mit kurzen Ausrufen, um schließlich in ein hartnäckiges Schweigen zu verfallen. Dann schien er vergessen zu haben, daß er nicht allein war. Die Freunde hörten ihn aufstöhnen und leise mit sich reden. Er eilte zum Schreibtisch, warf Briefe und Papiere durcheinander, begann mit fliegender Hand zu schreiben, Briefe, Telegramme, mit denen er an die Klingel eilte. Dort blieb er stehn, bis Bra kam, und die Papiere zitterten in der gehobenen Hand, die gar nicht darauf warten konnte, sich ihrer zu entledigen. Wenn die Tür sich hinter Bra geschlossen hatte, atmete Benkal auf. Er reckte sich und rief den Freunden lachend zu: »Zählt auf mich! Wir werden sie bald haben. Was?! So eine Frau! Wer hätte das von ihr gedacht!«

Und nun wurde er nicht müde, von Ij zu erzählen. Er war stolz und so voll kindlicher Zärtlichkeit, daß die Männer nach seiner Hand griffen, um sie zu tätscheln wie einem verwöhnten Jungen.

»Daß ich daran noch nie gedacht habe! Ich setze eine Belohnung aus für jeden, der mir auf die Spur hilft. Man verschwindet doch heutzutage nicht einfach so! Die Erde ist doch größtenteils bevölkert! Eine große Belohnung! Ich lasse alles versteigern, was ich habe. Glaubt ihr nicht, daß ich die Sachen, die in den Museen sind, herausbekäme, um sie öffentlich versteigern zu lassen? Aber, du … du bist doch Direktor des kleinen Museums – dieses wenigstens könnte sich beteiligen, wie?! So? … Nicht? … Wozu hat man denn Freunde, wenn sie einem in der Not nicht helfen! Die Detektive taugen nichts, nichts taugen sie, nicht das geringste. Sie wissen, daß Ij eine Fahrkarte nach dem Süden gelöst hat – nicht? – und, bums, ist sie verschollen. Ich bitte euch, eine Frau wie Ij, die mit zwei Zofen reist! Die Detektive sind Esel. Das Volk muß suchen helfen, das ganze Volk! Mein Verlust ist sein Verlust. Ich werde die Reporter empfangen. Und vor allem eine große Belohnung … Eine Million!! Jawohl, eine runde Million. Eine Million ist für niemand zu verachten … Aber das kleine Museum muß wenigstens die Gruppe hergeben, hört ihr, es muß!«

Benkal der Ältere, der mit ergriffenen Augen zusah, wartete, bis der Kleine zu Ende war. Dann sagte er kleinlaut und so, als bäte er auch gleich um Entschuldigung: »Und – angenommen, daß man sie findet? …«

Sie sahen einander in die Augen. Benkal ließ den Kopf sinken. Er nickte: »Sie wollte ja …« Aber gleich brauste er wieder auf: »Daß sie nicht tot ist, daß sie irgendwo weiterlebt – das begreife ich nicht! … Daran werde ich mich nie gewöhnen … Das geht über meine Kraft!«

Er wandte den Kopf nach der weißen tanzenden Frau und sah lange hin.

»Ja, dann ist sie wohl auch so gut wie tot?«

Jemand antwortete: »Sie wird weiterleben in deinem Werk.«

Ein zweiter fügte hinzu: »So wie sie am schönsten war.«

Der Dicke war froh, daß sachverständige Männer mit Namen und Ansehn ihm beisprangen, und er wiederholte, als schlösse er ein Gutachten: »Sie wird weiterleben in deinem Werk.«

Benkal, der noch immer nach der tanzenden weißen Frau hinübersah, meckerte höhnisch: »Glaubst du, Dicker?«

Er lag in einer Ecke des großen schwarzen Sofas zusammengerollt und erzählte sich eine Geschichte ...

Ein Künstler ... ein Meister des *Vieux Sèvres* ... liebte die Frauen ebenso sehr wie die Kunst.

Er hätte nicht sagen können, wem er, im größten wie im geringsten, den Vorzug gab ...

Schon in seiner Jugend pflegte er von seinen Geliebten vollendete Porzellanmodelle herzustellen ... und zwar benutzte er dazu die erste Zeit seiner Ver- Verliebtheit ...

Beim vierten oder fünften Zusammensein war die Arbeit vollendet.

Er ließ für die Puppe eine Miniaturkopie des Kleides fertigen, worin die Freundin am schönsten war.

Dann stellte er sein Werk in ein Zimmer, das er nie betrat, und vergaß es ...

Er liebte die Frau, solange er konnte.

Aber wenn er merkte, daß ihr Zauber hinter den Tagen zurückblieb und in seiner Erinnerung mehr als in ihrer Gegenwart lebte, da holte er die Puppe hervor und stellte sie in sein Atelier.

Er sah dem Kampf zwischen dem Bild der Geliebten und ihrer armen Fleischlichkeit zu, bis die Lebende in ihm gestorben war.

Aus der Melancholie des Nimmermehr stieg strahlend der Fetisch eines kurzen Glücks ...

Trotzdem schien es ihm beständig, weil über allen sterblichen Abenteuern der schimmernde Chor seiner Puppen nie an Glanz verlor ...

Er wurde älter.

Es kam der Tag, wo zum letztenmal eine Frau ihrem vollendeten Abbild besiegt den Rücken kehrte.

Als er nun darauf angewiesen war, ein Drittel seines Lebens mit Puppen zu verbringen, verfiel er einem heimlichen Laster, von dem er sich gewaltsam erlöste.

Zuerst hatte er stille, heitere Nächte mit der einen oder andern seiner ewigen Geliebten verbracht.

Er schloß sich mit ihr ein, entzündete alle Lichter und setzte sich in eine Ecke des Zimmers.

Auf dem runden Tisch in der Mitte, der erhöht war, stand die Puppe; er sah sie in allen Spiegeln …

Manchmal durchschritt er die ganze lange Zimmerflucht, wo die Puppen auf Tischen und Kaminen und immer vor Spiegeln umherstanden.

Ein Rauschen begleitete ihn, worin der gedämpfte, in Stille verwehende Lärm aller Liebesstunden war und Lachen, das wie das Flattern einer Fahne klang, und Worte, die wie ein Duft aufstiegen und schmelzend alle Gegenstände durchdrangen.

Er streifte Umarmungen, spürte die liebkosenden Hände, und trunken von Glück, fast strauchelnd, nahm er die Parade seiner Geliebten ab.

Aber dann starben auch die Puppen eine nach der andern.

Er half sich, indem er sie entkleidete und ihren Körper streichelte.

Sie entschwanden ihm um so schneller.

Alle glichen einander; sie verschwanden in einer weißen teigigen Masse.

Er mußte sie wieder anziehn, um sie zu erkennen, nur die Kleider erinnerten ihn noch …

Schließlich baute er kleine Spiegelsäle, die er mit einem Heer von Leuchtern umgab. In diese strahlenden Sarkophage stellte er das Abbild der Frau, die er zurückrufen wollte, und unternahm mit Hilfe von Stimulantien die gequälten Himmelfahrten, die ihn immer mehr entrückten …

Weiter …?

Sein Diener fand ihn tot, zerknittert und wie einen Harlekin über den Sessel zurückgelehnt, vor dem kleinen Spiegelsaal, worin eine Puppe zwischen den zuckenden Schatten der letzten Kerzen lächelte …

Ja.

24.

Mitten auf der Hauptstraße: O dieser Gang! Benkal drängt auf den Rand des Trottoirs und reckt sich schier den Hals aus, um die Frau wiederzufinden, von der er nichts gesehen hat als die Spur von einem knappen federnden Gang, die im selben Augenblick auch schon im Gedränge verweht war.

Zwischen den Wagen und der Menge hastet er vorwärts, springt immer wieder auf das Trottoir, um besser zu sehn.

Nichts.

Er steigt in einen Wagen, nennt seine Adresse und zwingt sich, weder rechts noch links zu blicken.

Seit Tagen quälen ihn hundert unbekannte Frauen, die ihn durch ihren Gang, durch ihre Stimme, durch irgendeine Bewegung, die er plötzlich auffängt, an die Verschwundene erinnern. Er bringt seine Tage und die halben Nächte damit zu, sie zu verfolgen.

Wenn er sich todmüde niederlegt, wehrt er sich mit allen Gedanken und krankhaft beherrschtem, für nichts als den Schlaf bereitem Körper gegen sie, die nun in der Stille der Nacht noch einmal aufgezählt und gemustert werden wollen. Oder, was das schlimmste ist, Ij ist selbst da! …

Als ihm die Arbeit zu schwer wird, beginnt er zu trinken. Er träumt nur noch wilder. Aber es ist doch leichter zu ertragen, er weiß selbst nicht, warum. So bleibt er dabei …

»Kutscher! Halten!«

Die Brücke ist fast leer, und drüben geht eine schlanke Frau, deren Hüften in einer weichen runden Bewegung laufen. Sie zieht ihn an. Er hat es gespürt, bevor er sie noch erblickt hatte.

Drüben angelangt, muß er haltmachen. Den Daumen am Puls, bleibt er stehn und starrt ihr nach.

Natürlich ist sie es nicht! Aber wer ist sie? Wie sieht sie aus? Wie schön … Wie schön sie geht! …

»Ach du – Hure …«

Gugu ist blutrot geworden und sieht den Meister sprachlos an. Wie er sich abwenden will, packt sie ihn schnell am Ärmel und keift wie ein Marktweib.

»Du unterstehst dich, du! Hure, sagst du, Hure? War die Hure dir nicht gut genug, ein Jahr lang mit ihr zu schlafen? Hast du sie nicht mit Bonbons gefüllt, damit sie beim Modellstehn stillhielt? Hast du ihr nicht Logenplätze für die Komödie gegeben – Hure?« … Sie äfft ihn nach: »Gugu hin, Gugu her … Gugu, mein Porzellankätzchen …«

Benkal nimmt ihre böse, fuchtelnde Hand und legt den Arm um ihre Hüften. Er lächelt den Neugierigen zu, die herbeigelaufen kommen.

»Gugu hat recht«, sagt er. »Und ich glaube, daß ich sie gar nicht erkannt habe.«

Gugu sieht ihn argwöhnisch an, aber sie läßt sich fortführen. Sie könnte auch gar nicht widerstehn, denn sie braucht alle ihre Kräfte, um gegen die Tränen anzukämpfen.

Der Meister legt den Kopf auf ihre Schulter und sagt schwärmerisch: »Du weißt nicht, wie schön du bist, Gugu! Ich habe es selbst nicht gewußt. Komm. Wir wollen heute zusammenbleiben. Ja? O danke! … Sag, was du dir wünschst! Theater? Vergnügungspark? Automobilfahrt im Mondschein? Nachher soupieren wir in der Hauptstraße. Wir werden so glücklich sein!«

»Glücklich?« fragt Gugu, die immer nur vergnügt ist.

Er nickt ihr mit weiten Augen zu.

»Glücklich! Gugu.«

Und Gugu, die ihn und die noch keinen andern ihrer Künstler so gesehn hat, fragt sich, ob das nicht am Ende die große Liebe sei.

25.

Die Erdarbeiter, die in Benkals Viertel die Straßen aufwühlten, waren mit neuen Tätowierungen geschmückt. Sie trugen sie auf den Armen, auf Schultern und Rücken und zeigten sie, von Straße zu Straße, jedem, der sie sehn wollte. Sie ließen sich anstaunen und betasten. Nur, wenn sie ihre geschmückten Körperteile photographieren ließen, dafür verlangten sie Geld und vertranken es auf das Wohl des ›lieben Verrückten‹.

Diese Tätowierungen waren nicht nur eigenartig, sie hatten auch ihre Geschichte, die durch einen von Benkal abgewiesenen Reporter verbreitet wurde und den Arbeitern zu ihrem Nebenverdienst verhalf.

Die Erdarbeiter waren vor Benkals Haus an der Arbeit gewesen, als der vorbeigehende Meister sich einem Krauskopf genähert, auf dessen entblößte Brust gezeigt und gefragt hatte, von wem die auffallend gute Zeichnung eines auf Palmengrund über einem Herzen ruhenden Ankers gemacht sei. Da er zur Antwort erhielt, daß der Krauskopf sie, vor einem Spiegel, selbst gestochen habe, beglückwünschte er ihn. Plötzlich sich ereifernd, fragte er dann weiter, ob der Mann ihn wohl zum Tätowieren anleiten wolle. Der Arbeiter willigte lachend ein.

Dies hatte zur Folge, daß Benkal sich mit fieberhaftem Eifer auf die Kunst des Tätowierens warf und mit schnell erlernter Fertigkeit nacheinander alle Kollegen seines Lehrmeisters, seinen Diener, Gugu und andre gutwillige Freunde zierte.

Gugu, die einer Freundin nach tausend Schwüren der Verschwiegenheit den wunderbaren, hängenden Gürtel um ihre Hüften gezeigt hatte, wußte sich vor neugierigen Bekannten nicht mehr zu retten.

Um endlich wieder in ihre Kleider zu kommen, ließ sie von einem Zeichner eine genaue Kopie anfertigen, die sie im Empfangszimmer ihrer Wohnung aufhing. Wer, die Visitenkarte eines Bekannten in der Hand, darum bat, konnte zu einer bestimmten Zeit des Tages die Abbildung bewundern.

Der Gürtel bestand aus vierundzwanzig ovalen Feldern, die durch dünne Glieder in Form von Laubgewinden verbunden waren. Jedes Feld stellte mit Hilfe einiger weniger, aber unendlich ausdrucksvoller Striche eine Szene aus einem von Benkal ersonnenen *Paradiesischen Leben* dar, innige Bilder, von denen jedes im Grund nur aus einer angedeuteten, unerklärlich ergreifenden Bewegung der Körper, vielleicht nur eines Fingers, bestand. Die Spange zeigte ein Medusenhaupt, von dem man nicht wußte, ob es die tiefste Grausamkeit des Hasses oder die höchste Entzückung der Liebe ausdrückte. Die beiden Ansichten schienen beständig zu wechseln oder vielmehr einander zu durchdringen ... Keine Heilige hatte je einen keuscheren Gürtel getragen. Gugu erkannte es wohl, deshalb liebte sie zu versichern, daß es ihr nicht unschicklich erschiene, nur mit diesem Gürtel bekleidet zur Beichte zu gehn.

Das war, wenigstens für die andern, das Meisterwerk der ›blauen Nadel‹, die Benkal für die Kunst erobert hatte.

Anders verhielt es sich mit Bra. Der war von der Brust bis zur Sohle mit den *Versuchungen des heiligen Antonius* bedeckt, an denen er schwer zu tragen hatte. In der großen Verwirrung war er fromm geworden, aber noch immer vom Geschlecht geplagt. Die Köchinnen des Viertels rissen sich um ihn, den sie noch vor kurzem einen scheinheiligen Wüstling gescholten hatten.

»Ich werde«, sagte Bra trübselig, »das Schicksal des Heiligen bis zum Ende teilen. Die Weiber werden mich zerreißen.« Er verwechselte Orpheus mit Antonius und glaubte, der Meister habe das letzte Bild, die Zerfleischung durch die rasenden Weiber, nur nicht ausgeführt, um ihn nicht zu erschrecken. Aber in seinen Gebeten klagte er Benkal an, daß er ihn in die blaue Livree gesteckt habe, um ihn als Diener Satans kenntlich zu machen, und sprach die Befürchtung aus, daß die Vermummung ihm beim Jüngsten Gericht Ungelegenheiten bereiten werde.

Weil er indessen seinen Meister überaus verehrte, fügte er zu dessen Entschuldigung hinzu, daß er ein Genie sei, und: Das Genie reiße alles mit sich in seinen Sturz, Gott möge ihm und dem Meister gnädig sein.

Die Presse der ganzen Welt berichtete von den Wundern der ›blauen Nadel‹, ohne erkennen zu lassen, ob Benkal bereits als ein Verrückter zu gelten habe oder als ein Mann, der der Kunst ein neues Wirkungsfeld eröffnet habe.

26.

Die wiederholte Zerstörung von Bildwerken des großen Künstlers Benkal, die der Staat zur Erbauung der Mit- und Nachwelt in seinen Museen aufgestellt hatte, veranlaßte uns, gestern den Künstler in seiner Wohnung aufzusuchen.

Unsre Leser werden mit Freude vernehmen, daß es, als einzigem, dem Vertreter ihres Blattes, der sich durch die bisherigen und, wie es schien, unwiderruflichen Abweisungen der Berichterstatter nicht hatte abschrecken lassen, gelungen ist, sich einige Zeit im Atelier des Meisters aufzuhalten. Man wird weiter unten sehn, daß seine Ausdauer reichlich belohnt wurde …

Der Meister hatte seine Freunde zu einem Fest in das Atelier eingeladen, das geschickte Hände zu diesem Zweck in ein Treibhaus umgewandelt hatten. Man sah kein Bild, keine Statue, nur Blumen und Schlingpflanzen. Sie waren so dicht, daß man in einem lauschigen Dickicht zu sitzen schien. Die zahllosen elektrischen Glühbirnen waren zwischen Blättern versteckt, so daß der ganze Raum in einem grün angehauchten Glanz schwamm. An der Tafel, die sich unter den gewaltigen Aufbauten von Obst und Blumen zu biegen schien, bemerkten wir viele bekannte Persönlichkeiten aus dem Gebiet der Kunst und der Politik sowie namhafte Vertreter der Gesellschaft.

Keine Frauen …

Einer von Benkals nächsten Freunden hatte die Liebenswürdigkeit, uns mitzuteilen, daß der Meister ein Jubiläum feiere. Er kam unsrer Frage zuvor, indem er schnell hinzufügte: »Ein ganz persönliches, das die Öffentlichkeit nichts angeht.«

Wir vermuteten – und dürfen es wohl auch aussprechen –, daß dieses Jubiläum mit den bekannten Beziehungen des Meisters zu unsrer großen, tragisch verschollenen Ij zusammenhinge. Da wir lächelten, ergriff der Freund unsern Arm und flüsterte uns ins Ohr: »Sie sehn ja, wir sind lauter Männer. Die Konkurrenz ist ausgeschlossen … sogar die aus Marmor.«

Dabei warf er einen vielsagenden Blick unter die Festtafel. Wir folgten dem Blick und bemerkten eine Menge Marmorstücke in verschiedener Größe, die in der Länge der Tafel auf dem Boden verstreut lagen.

»Die *Mänade*«, flüsterte unser Freund.

»Sind die Barbaren auch hier eingebrochen? Hat ihre Zerstörungswut sie bis in das Heiligtum der Kunst selbst getrieben?«

In diesem Augenblick hörten wir den Direktor eines unsrer Museen ausrufen: »Wahrhaftig, er hat Schmiß! Man schlägt ihm sein schönstes Werk zuschanden, und er feiert ein Fest, um über den Trümmern seiner Kunst auf das Leben zu trinken.«

Während unser Freund zustimmend nickte, sah er uns mit einem langen, vielsagenden Blick von der Seite an, und in Gedanken verloren über das Rätsel dieses Blickes, verließen wir den eigenartigen Festsaal, wo die Gäste, offenbar ahnungslos und in fröhlichster Laune, an der zauberhaften Tafel Platz nahmen …

Das Atelier war geräumt und abgeschlossen worden.

Benkal hatte seine letzte Arbeit beendet, und die brauchte keine Unterkunft. Er trug sie bei sich, auf seinem großen Herzen.

Es schmerzte und quälte ihn täglich mehr, aber jetzt, wo er der reißenden Sehnsucht Gestalt verliehen hatte, schien es sich beruhigen zu wollen. Es drängte nicht mehr so. Es stand da und blickte mit großen, wilden Augen in die Welt.

Sein Herz war eine Pantherkatze, und weil es hinter den Rippen rüttelte und ausbrechen wollte, hatte Benkal beschlossen, seinem Drang nachzugeben und der Geburtshelfer der erbarmungslosen Vision zu sein. Langsam erschloß er die Nacht, in der es sich lichtfordernd wälzte. Und nun war es da, unter seiner linken Brust. Hinter kleinen Punkten, die sich zu Gittern fügten, blickte es mit zwei starren Augen hervor.

Die Tätowierung bestand aus kaum hundert Stichen, und doch war mehr als ein Monat nötig gewesen, um sie zu vollenden. Benkal hatte hohes Fieber und fühlte sich zwischen Tod und Leben. Mit jedem Stich fürchtete er, zu viel zu tun. Denn er glaubte, daß sein Herz, wenn der Kopf oder nur eine Tatze stärker würden als das Gitter, die allzu große Freiheit benützen würde, um ihn niederzuwerfen und zu zerreißen.

27.

In der engen Stube verbreitete der abgerissene Strumpf eines Gasglühlichtes zweifelhafte Helligkeit.

Der Polizeioffizier saß hinter dem Schreibtisch, den Oberkörper höflich vorgeneigt. Er versicherte Benkal, der aus den Fäusten der Polizisten in den wackeligen Lehnstuhl gefallen war und die Energie nicht fand, sich aufzuraffen, daß seine Untergebenen in ihrem durch die öffentliche Erregung angestachelten Eifer nur deshalb so heftig draufgegangen seien, weil sie in dem fliehenden Mann einen verbrecherischen Barbaren vermutet hätten. Er bat um Entschuldigung ... Es sei ja auch sehr merkwürdig ... Benkal hätte, als er sich unter der Treppe des großen Museums ertappt sah, nicht erst versuchen sollen zu fliehen ... Auch müsse er bedenken, daß die Gruppe des Meisters vom kleinen ins große Museum transportiert worden sei, um wenigstens dies letzte, dem Staate in unversehrtem Zustand verbliebene Werk vor der Zerstörungswut eines Unbekannten zu schützen. Die Wächter hätten sich geradezu in ihrer persönlichen Ehre verletzt geglaubt ...

Benkal trocknete die nassen Hände. Er sah aus, als ob er verzweifelt die Finger ränge. Er öffnete einige Male den Mund und räusperte sich, aber dann zuckte er mit der Achsel und sank wieder in sich zusammen. Er wartete auf den Älteren, den er hatte benachrichtigen lassen.

Minuten vergingen, Benkal führte die Hand zum Mund, er verlangte zu trinken. Als der Offizier zum Telefon griff, nickte Benkal ihm mit freundlichen Augen zu und zeigte lächelnd auf seine Kehle. Er konnte nicht sprechen und bedauerte, so unhöflich zu sein.

Der Wein löste ihm die Zunge. Unterdessen war auch der Dicke in der Polizeistation eingetroffen. Er saß vor seinem Brüder und hörte zu. Halb schlief er noch … Wenn er sich anstrengte, nachzudenken, wußte er auch nicht recht, ob das, was er um sich erblickte, Wirklichkeit sei, oder ob der Kleine ihm nur seltsame Dinge erzählte …

»Brave Leute«, rief Benkal, »brave Leute, die Polizisten! Aber was nützt mir das! Stein ist Stein und Herz ist Herz. Und der Stein ist gemein … Er atmet nicht, er kennt weder Lust noch Schmerz, er verändert sich nicht in seiner unbeweglichen Fratze, die er einem hinhält, ob man vor ihm tanzt oder ob man sich die Pulsader aufschneidet. Ist Ihnen noch nicht aufgefallen - an den Kathedralen! -, wie mühelos der Stein Gemeinheiten, alle Ausgeburten der Hölle von sich gibt, sie lächelnd ausschwitzt wie die Tanne das Harz, während bei edlen Werken immer die Anstrengung des Künstlers, der Menschenhand sichtbar bleibt? … Ungeheuer! … widerwärtiges.

Und mein Herz wuchs, wie die Wölfin im Mutterleib, und wuchs sich zur reißenden Inbrunst aus, sie zehrte alle meine Säfte auf, um immer stärker, immer gebieterischer zu werden, ich kniete vor dem Stein, kroch auf den Knien um ihn herum, hielt ihn nackt umschlungen, stundenlang. Er erwärmte sich nicht, der Teufel, aber ich, ich wurde eiskalt, mein Blut fror rings um mein dampfendes Herz, das zerrte und zog und fort wollte …

Christus hat Tote zum Leben erweckt, aber keinen Stein. Davon wußten nur die Griechen zu erzählen … diese Schwindler und Gauner und Schönfärber … ich weiß, wie es mit Pygmalion bestellt ist! Ich hab's versucht, ich!

Mehr Feuer hat kein Gott im Leib gehabt! Eine Menschheit von Verlangen! Ich *glaubte* … mit der Kraft eines Jahrtausends! Meine Blicke wollten, wollten, und als es hell wurde vor ihnen und es in mir jubelte: Jetzt! - da war es der Teufel, der mich angrinste - so gemein, daß mir schlecht wurde. Ja, der ist überall, wo ein Herz nicht ausgefüllt ist von Liebe. Wo nur ein Plätzchen frei ist, da nistet er sich ein und pumpt mit seinen Nüstern die Welt leer, bis er allein auf dem Pfauenrad seines Steißes thront. So will er es haben.

Aber ich, ich will nicht, daß das Böse über das Gute triumphiert! Und es wird und wird nicht –

Ich will auf einem Steinhaufen stehn und sagen: Dies ist mein Werk, damit die Schwätzer sehn, was ein Werk wert ist ...«

Er hatte sich in Ekstase geredet und schrie, hoch aufgerichtet in seinem Lehnstuhl, wie Moses auf dem Thron: »Ein Werk, das ist Stein, Holz, Leinwand und Papier! Aber das Herz ist lebendig, es schwillt und zittert und will hinaus! Wir haben vergessen, wir, was das Herz ist, aber die Heiligen, die haben es gewußt ...

Als Cesalpino und zwei andre berühmte Chirurgen die Autopsie des heiligen Philipp von Neri vornahmen, fanden sie, daß die niederen Organe atrophiert waren. Das Herz aber hatte sich derart erweitert, daß es, um Platz zu haben, eine Rippe zurückgedrängt und sich eine Art künstlicher Höhlung erschlossen hatte ... Und die heilige Magdalena de Pazzi! Ihr erschien Christus und zeigte sein Herz. Von diesem Augenblick an mußte sie, um die Feuersbrunst in ihrem Innern zu beschwichtigen, die Kleider öffnen oder sich in endlosen Worten ergehn, die wie Gesänge waren ... Ich kenne diese Gesänge. Der Teufel lacht dazu, daß das Haus bebt. Aber man muß stärker singen, immer stärker! Dann schweigt er ... Warten Sie! ... Die heilige Katharina von Genua glaubte eine Wunde in der Brust zu haben. Sie legte ihre Hand auf das Herz, um es zu heilen. Achtzehn Monate nach ihrem Tode wurde sie ausgegraben. Ihr Körper war unberührt. Die Haut hatte eine gelbe Färbung, aber über dem Herzen war sie noch ganz rot ... Merken Sie etwas, Herr Kommissar?«

Er brach ab und fuhr mit den Händen in seine Taschen. »Meine Briefe«, schrie er, »man hat mir meine Briefe gestohlen«, und blickte bebend von seinem Bruder auf den Offizier. Plötzlich sprang er auf und riß einen kleinen Lederband an sich, der vor dem Offizier auf dem Tische lag. »Danke«, sagte er eifrig, während er sich wieder zurechtsetzte und zu blättern begann.

»Hören Sie, was die heilige Katharina von Siena an ihren Beichtvater schreibt. Dicker, höre zu, ohne diese Briefe wäre ich gestorben. Da!«

Er flüsterte gurgelnd: »›Harret aus, auf daß wir das Blut vergießen sehn mit süßem und liebendem Verlangen. Schon habe ich begonnen, ein Haupt in meine Hände zu empfangen, das mir süßen Trost bereitete.‹

Ja, und nun erzählt sie die Geschichte dieses ›ersten Hauptes‹. Hören Sie zu, Herr Kommissar! Es war das Haupt eines jungen Ritters, Nikola Tuldos, der von den Reformatoren zum Tode verurteilt war.

›Am andern Morgen, vor dem Schall der Glocke begab ich mich zu ihm ... Er sagte: Bleibe bei mir und verlasse mich nicht, so sterbe ich zufrieden; und er stützte sein Haupt auf meine Brust. Da fühlte ich eine tiefe Freude und einen Geruch seines Blutes, und es war nicht ohne einen Geruch des meinen, das ich wünschte zu vergießen für den süßen Bräutigam Jesu. Und wie das Verlangen in mir wuchs und ich die Furcht fühlte, die ihn bewegte, sagte ich: Mut, mein süßer Bruder, denn bald werden wir bei der ewigen Hochzeit sein. Du wirst hinkommen, getaucht im Blute des göttlichen Sohnes, und ich werde dich am Richtplatz erwarten. Aus dem Herzen des jungen Ritters wich jede Furcht, er frohlockte und sagte: Voll Kraft und Freude werde ich hingehn, und es scheinen mir tausend Jahre bis dahin, wenn ich denke, daß Ihr mich dort erwartet ...‹ Hören Sie zu, ich will singen, immer stärker singen! ... Sie erwartete ihn auf dem Richtplatz. Bevor er kam, kniete sie nieder und legte ihren weißen Hals auf den Block. Sie sah keinen von den vielen Menschen, die umherstanden, sie lag nur da und betete im Rauschen ihres Blutes. Ja –

›Und er kam wie ein sanftmütiges Lamm, und als er mich sah, lächelte er. Er kniete nieder, und ich entblößte ihm den Hals und beugte mich zu ihm und erinnerte ihn an das Blut des Lammes. Nichts anders brachten seine Lippen hervor als: Jesus und Katharina; und so empfing ich sein Haupt in meine Hände, und sein Auge schloß sich in der göttlichen Güte mit den Worten: Ich will ... Da

sah ich, klar wie das Licht des Tages, den Gottmenschen, dessen ge-
öffnete Seite das Blut aufnahm. Und er nahm das Blut des Gerichteten
im Feuer seiner göttlichen Gnade auf …

Und wie er dahingeschieden war, ruhte meine Seele in so großem
Frieden aus und in solchem Dufte des Blutes, daß ich mich nicht
entschließen konnte, das Blut wegzuwaschen, das von ihm auf mein
Gewand gekommen war …‹«

Benkal sang: »Ich weiß, meine Herren, was der junge Ritter sagen
wollte, als er begann: ›Ich will‹, und sein Haupt in die Hände der
Heiligen niedersank. Er hatte es ihr schon vorher versprochen, als
sie ihm in der Nacht im Gefängnis ihre Brust schenkte, damit er sein
Haupt ausruhe: ›Ich will tausend Jahre auf Euch warten.‹«

Das Buch war auf den Boden geglitten.

»Laßt, o laßt mich nachdenken! …«

Benkal lag weit zurückgelehnt im Stuhl, die Beine von sich ge-
streckt, und trank stumm und gierig. Er hielt den Kopf, als ob er einer
fernen Musik lauschte.

»Ich will tausend Jahre auf dich warten … Still o bitte! … Sie
kommt … Bald tritt sie … so schön und gut … aus Blut und Mor-
genfrische …«

Das Glas entfiel seiner Hand, der Dicke fing es rasch auf. Benkal
sah ihn und den Offizier scharf an, sie wußten, er erkannte sie nicht
und war eingeschlafen.

Benkal dem Älteren fiel auf, daß das braune Haar des Kleinen grau
geworden war und daß seine Gesichtszüge auch jetzt, im Schlaf, unnatürlich gespannt blieben. Und plötzlich warf er sich über ihn und
schüttelte ihn, als ob er glaubte, daß er tot sei. Zog ihn, drückte ihn
an seinen Leib und strich ihm das Haar aus der Stirn und stammelte:
»Kleiner! Kleiner! Um Gottes willen, was soll ich tun …«

28.

Gugu hatte sich in Varietés gezeigt, wo sie ein überaus komisches Lied sang, in dessen Kehrreim das Publikum, das von überall hierherkommt mit dem selten erfüllten Wunsch, echte mittelländische Frauen zu festen Preisen zu verzehren, geschmeichelt und überlegen einstimmte:

Ich bin Gugu und habe viel gesehn,
sah viele Männer untergehn.
Woran? ... Seht meinen Leib!
Am Weib! Am Weib!

Ihr blauer Gürtel war auf, dem Seidentrikot nachgebildet, in dem sie auftrat ... Angehörige der gestürzten Kaste, die mit Überzeugung den neuen Freistaat lobten, und eine Flut schwarzer Faustkämpfer, bei deren Anblick die Mittelländer mit stillem Vergnügen ihre alten kriegerischen Instinkte sich regen fühlten, haben sie mit Hilfe Benkals des Älteren aus den großen in die ganz kleinen Theater geschwemmt, von wo sie schließlich, immer unter heimlicher Mitwirkung des politisch einflußreichen Zahnfabrikanten, von sprechenden Krokodilen verdrängt wurde. Sie ist, ohne Engagement, in die Hauptstadt zurückgekehrt, stark verwüstet, aber stolz, vor dem barbarischen Europa eine Kunst ausgeübt zu haben.

In der Laune eines ausgedehnten Nachtessens beschließt sie auf den Vorschlag ihres gelegentlichen Freundes, eines breitschultrigen und gemütvollen Kremmen, der wie alle, Völker und Menschen, die Hohe Schule der mittelländischen Hauptstadt besucht, im Morgengrauen aufzubrechen und in den blauen Tag hinein bis zu Benkal zu fahren. Es ist Sonntag, und Gugu zieht ihr schönstes Kleid an.

Sie werden vom Arzt abgewiesen, der das hübsche, auf Bergwäldern herabsehende Haus leitet, wo abgenutzte Menschen wohnen und schweigsam zusehn, wie die auf- und untergehende Sonne die Erde mit Blut und Feuer überschwemmt. Der Arzt beruhigt Gugu, die sich in ihrer übernächtigen Aufgeregtheit plötzlich für die unglückliche Geliebte des Meisters hält: »Man darf ihn nur nicht stören ... Er will allein sein ... Er liegt in seinem Stuhl und verfolgt die Wolken und die Schürzen der Mädchen, die irgendwo im Garten auftauchen ... Keine entgeht ihm, so weit sein Blick reicht ...«

Neben seinem Herrn sitzt in einer bis an den Hals zugeknöpften Joppe der alte Bra, ein wenig gelangweilt, schwankend zwischen Frömmigkeit und sündigem Verlangen, aber aufrecht im Sturz, in den das Genie ihn mitgerissen hat ...

Nachts erscheint Ij Benkal im brennenden Dornbusch seiner Träume. Sie ist nicht mehr so weiß und fest wie früher, sie gleicht jetzt Hahna ... Wenn Benkal erwacht, richtet er sich auf und flüstert andächtig: »Ich will tausend Jahre auf dich warten.«

Davon kann er dann so froh werden, daß Bra ihn im Bette schaukeln und kichern hört ...

Gugu wartet den ganzen Nachmittag im Automobil vor dem großen Tor ... Endlich, am Abend, da sie gerade abfahren, sieht sie ihn auf die Terrasse treten.

Sie ruft und winkt. Benkal hört sie nicht.

Er steht, dem Sonnenuntergang zugewendet, und so sieht sie ihn, wenn sie sich im Automobil umdreht, bei jeder Biegung der Straße, nur immer kleiner und kleiner, bis er im Rot des Himmels verschwunden ist.

Erzählungen der Frühromantik

1799 schreibt Novalis seinen Heinrich von Ofterdingen und schafft mit der blauen Blume, nach der der Jüngling sich sehnt, das Symbol einer der wirkungsmächtigsten Epochen unseres Kulturkreises. Ricarda Huch wird dazu viel später bemerken: »Die blaue Blume ist aber das, was jeder sucht, ohne es selbst zu wissen, nenne man es nun Gott, Ewigkeit oder Liebe.«

Tieck Peter Lebrecht **Günderrode** Geschichte eines Bramien **Novalis** Heinrich von Ofterdingen **Schlegel** Lucinde **Jean Paul** Des Luftschiffers Giannozzo Seebuch **Novalis** Die Lehrlinge zu Sais
ISBN 978-3-8430-1878-4, 416 Seiten, 29,80 €

Erzählungen der Hochromantik

Zwischen 1804 und 1815 ist Heidelberg das intellektuelle Zentrum einer Bewegung, die sich von dort aus in der Welt verbreitet. Individuelles Erleben von Idylle und Harmonie, die Innerlichkeit der Seele sind die zentralen Themen der Hochromantik als Gegenbewegung zur von der Antike inspirierten Klassik und der vernunftgetriebenen Aufklärung.

Chamisso Adelberts Fabel **Jean Paul** Des Feldpredigers Schmelzle Reise nach Flätz **Brentano** Aus der Chronika eines fahrenden Schülers **Motte Fouqué** Undine **Arnim** Isabella von Ägypten **Chamisso** Peter Schlemihls wundersame Geschichte **Hoffmann** Der Sandmann **Hoffmann** Der goldne Topf
ISBN 978-3-8430-1879-1, 408 Seiten, 29,80 €

Erzählungen der Spätromantik

Im nach dem Wiener Kongress neugeordneten Europa entsteht seit 1815 große Literatur der Sehnsucht und der Melancholie. Die Schattenseiten der menschlichen Seele, Leidenschaft und die Hinwendung zum Religiösen sind die Themen der Spätromantik.

Brentano Die drei Nüsse **Brentano** Geschichte vom braven Kasperl und dem schönen Annerl **Hoffmann** Das steinerne Herz **Eichendorff** Das Marmorbild **Arnim** Die Majoratsherren **Hoffmann** Das Fräulein von Scuderi **Tieck** Die Gemälde **Hauff** Phantasien im Bremer Ratskeller **Hauff** Jud Süss **Eichendorff** Viel Lärmen um Nichts **Eichendorff** Die Glücksritter
ISBN 978-3-8430-1880-7, 440 Seiten, 29,80 €

Erzählungen aus dem Biedermeier

Biedermeier - das klingt in heutigen Ohren nach langweiligem Spießertum, nach geschmacklosen rosa Teetässchen in Wohnzimmern, die aussehen wie Puppenstuben und in denen es irgendwie nach »Omma« riecht.

Zu Recht. Aber nicht nur.

Biedermeier ist auch die Zeit einer zarten Literatur der Flucht ins Idyll, des Rückzuges ins private Glück und der Tugenden. Die Menschen im Europa nach Napoleon hatten die Nase voll von großen neuen Ideen, das aufstrebende Bürgertum forderte und entwickelte eine eigene Kunst und Kultur für sich, die unabhängig von feudaler Großmannssucht bestehen sollte.

Georg Büchner Lenz **Karl Gutzkow** Wally, die Zweiflerin **Annette von Droste-Hülshoff** Die Judenbuche **Friedrich Hebbel** Matteo **Jeremias Gotthelf** Elsi, die seltsame Magd **Georg Weerth** Fragment eines Romans **Franz Grillparzer** Der arme Spielmann **Eduard Mörike** Mozart auf der Reise nach Prag **Berthold Auerbach** Der Viereckig oder die amerikanische Kiste

ISBN 978-3-8430-1884-5, 444 Seiten, 29,80 €

Erzählungen aus dem Biedermeier II

Annette von Droste-Hülshoff Ledwina **Franz Grillparzer** Das Kloster bei Sendomir **Friedrich Hebbel** Schnock **Eduard Mörike** Der Schatz **Georg Weerth** Leben und Taten des berühmten Ritters Schnapphahnski **Jeremias Gotthelf** Das Erdbeerimareili **Berthold Auerbach** Lucifer

ISBN 978-3-8430-1885-2, 440 Seiten, 29,80 €

Erzählungen aus dem Biedermeier III

Eduard Mörike Lucie Gelmeroth **Annette von Droste-Hülshoff** Westfälische Schilderungen **Annette von Droste-Hülshoff** Bei uns zulande auf dem Lande **Berthold Auerbach** Brosi und Moni **Jeremias Gotthelf** Die schwarze Spinne **Friedrich Hebbel** Anna **Friedrich Hebbel** Die Kuh **Jeremias Gotthelf** Barthli der Korber **Berthold Auerbach** Barfüßele

ISBN 978-3-8430-1886-9, 452 Seiten, 29,80 €